没落令嬢と愛を知らない冷徹公爵の夜から始まる蜜愛妊活婚

逢矢沙希

Illustration

針野シロ

gabriella books

没落令嬢と
愛を知らない冷徹公爵の
夜から始まる蜜愛妊活婚

contents

序章

「レディ・シャレア。あなたには我が主、リカルド・ロア・バルド公爵閣下の許に嫁ぎ、最低二人の男児、つまり後継を産んでいただきたい」

突然やってきたバルド公爵家の副執事と名乗った青年は、主から預かったという書状をこちらへ差し出しながら、まるでひどく屈辱的なことを告げるような渋い顔でそう言った。

にわかには信じられない言葉だ。

だがそれ以上に気になったのは、その書状を携えてやってきた青年の言動の方である。

慇懃無礼《いんぎんぶれい》な言葉もそれを口にする表情も、お世辞にもバルド公爵という国内貴族の頂点に立つ家の使用人として相応《ふさわ》しいものとは思えない。

それとも公爵家の使用人ともなれば、没落寸前の伯爵家に充分な礼儀など不要ということなのだろうか。

身体全体で、自分の主の正妻にこの娘は相応しくない、と訴えてくるその青年は、きっと己の主と仕える家に強い誇りを持っているのだろう。

それもそうだろうとシャレアは思う。

リカルド・ロア・バルドと言えばこの国の貴族で知らぬ者はいないほど高名な、貴族の中の貴族といわれる筆頭公爵家当主の名であり、現在の国王であるトリスタン一世の歳《とし》の離れた異母弟としても名が知れている。

漆黒の黒髪と目が覚めるような青い瞳が美しい美貌の青年でもあり、我が国の貴族令嬢で彼に憧れていない者の方が少ないと言われるほどの大物だ。

また同時にたいそうな女嫌いとしても有名である。

そんなリカルドからなぜシャレアの許に使者がやってきたのかまるで心当たりがない。

多分自分はかなり呆《ほう》けた顔をしていたのだろう。反応の鈍いシャレアに苛立《いらだ》つように、バルド家の副執事はその眦《まなじり》を吊り上げると続けてこう言った。

「あなたにとっては本来ならば足元にも及ばない方でしょうが、ハワード家は王家に並び建国当初から続く、今はもう数少ない由緒正しい家の血筋であることは確か。あなたに望まれているのはリカルド様の後継を産むことだけです。決して愛されたいなどとつまらぬ欲を抱いてはなりません」

「まあ……」

「その見返りとして、リカルド様にはハワード家の借金を返済し、その後自立できるまでの間継続的な援助を行う用意があります」

そう告げられて理解した。これは取り引きだ、と。

そして自分は随分と足元を見られているらしい、ということも。

「なんと……いくらバルド公爵閣下であろうと、そのような無礼な申し入れがあるものか！」

シャレアの後ろで話を聞いていた叔父、パトリックがワナワナと屈辱に声を震わせながら抗議する。

しかしバルド家の副執事はとりつく島もない。

「何が不満だと仰《おっしゃ》るのでしょう。今のハワード家にはまたとない申し入れのはずです。それとも他に身を立て直せるアテがおありなのですか？」

「公爵家とはいえ使用人の分際で無礼な！」

淡々と慇懃無礼に告げるバルド公爵家の副執事と、怒りで顔を真っ赤に染めて身を震わせる叔父。

その二人のやりとりを目にしながら、シャレアは静かに溜息《ためいき》を吐いた。

（さすが天下のバルド公爵家ともなれば、その使用人である副執事もその辺の貴族より気位が高いわ。叔父様では勝ち目はなさそう……）

それに不本意ではあるが副執事の言うことは正しい。

バルド公爵家からの申し出は、今のハワード家……ひいてはシャレアにとってはまたとない話には違いないのだ。

正直、向こうの言うとおりこのままでは、シャレアもパトリックも打つ手はなかった。

既に最後の財産となった屋敷を売却してもまだ返済には足りないほどの借金を抱え、明日にもシャレア自身が富豪の愛人として身売りせねばならないほどにまで追い詰められていたのだから。

そんな没落寸前の伯爵令嬢であるシャレアへとリカルドが求婚する旨味《うまみ》は殆《ほとん》どないと言っていい。

あるのは先ほど副執事が口にした由緒だけは正しいこの身に流れる確かな血筋と、今の立場の弱さだろうか。

（どれほど女性が嫌いでも、公爵家当主としては跡取りを得なくてはならない。そしてその相手にはそれなりの血筋が必要……そういう意味で、家柄だけは良く、けれど言いなりにならざるを得ないほど落ちぶれた我が家は都合が良い、とそういうことよね）

正直に言えば、少しだけ切ないなと思う気持ちはあった。

何しろシャレアも、リカルドに対して淡い憧れを抱くその他大勢の一人だったから。憧れの人が、人の足元を見て金に物を言わせるような傲慢な人物だったというのはそれなりにショックだ。

でも、それ以上に、確かに幸運だとも思った。

そのおかげで少なくともシャレアは今の絶望的な状況から救われる可能性が出てきた。

リカルドは血筋良く言いなりになる妻と、自身の跡取りがほしい。

シャレアは家と今の窮状を救ってくれる財力がほしい。

お互いに持ちつ持たれつ、実に貴族として相応しい契約結婚だと言えるだろう。

これを逃せば借金塗《まみ》れのハワード家を助けてくれる家などない。

そもそもどこの家に嫁いだとしても子を産むことを望まれるのは貴族の娘に産まれたからには当然のことである。

「こんな馬鹿にした求婚など冗談ではない、お断りさせていただ……」

「いいえ、叔父様。私はお受けしたいと思います」

感情のままにバルド家の副執事を追い返そうとした叔父の言葉を遮《さえぎ》るようにシャレアは二人の間に割り込む。そして静かにドレスの両脇を持ち上げ、片足を引き、膝を曲げる……いわゆる、貴族令嬢のカーテシーをバルド家の副執事へと向けた。

古びた粗末なドレス姿であっても、充分な化粧ができずに素顔のままであっても、その時シャレアの見せたカーテシーは多くの上級貴族を目にしてきた公爵家の副執事すら黙らせるほど、優雅で品と教養に満ちた振る舞いだった
一瞬だけ目を奪われるように瞠目《どうもく》した彼に、シャレアは笑う。

ほんのりと可憐《かれん》な淡いピンク色の小さな花が、その蕾《つぼみ》を開くように。

「どうぞ公爵様へお伝えくださいませ。シャレア・ハワードはあなた様のお慈悲に有り難く縋《すが》らせていただきます。ひいては一日も早い契約の締結と履行をお願いいたします、と」

こうしてシャレアの結婚は決まった。

幼い頃から憧れていた、互いに想《おも》い合うような温かい婚姻とは真逆の契約結婚であることを承知の上で、家と、そして大切な肉親を守るために。

第一章　窮地を救う代償

「すまない、シャレア……本当に、すまない……こんなことになるなんて、思っていなかったんだ」

バルド家からの使者が帰ったその後、パトリックはすっかり調度品が消えたみすぼらしい応接室の古びたソファに座り込みながら、両手で己の頭を抱え込むように項垂《うなだ》れた。

涙ながらに謝罪を繰り返す叔父の、憔悴《しょうすい》しきった細身の身体はぶるぶると震えている。

こんなふうに叔父が詫《わ》びながら泣く姿を、シャレアはもう嫌と言うほど見てきた。

そのたびに励まし、慰め、諦めずに一緒に頑張ろうと声をかけ続けてきたけれど、本音を言えばシャレアも疲れてしまった。

突然降って湧いた、こちらをとことん見下した侮辱的な縁談さえ、神からの救いだと感じて飛びついてしまうくらいには疲弊していたのだ。

叔父は不本意な結婚を止めることができないと嘆くけれど、ゴールの見えない暗闇の中をひたすらに手探りで進むような不安で惨めな日々がやっと終わるのだと思えば、屈辱よりも安堵《あんど》する気持ちの方が遙《はる》かに強い。

「どうか泣かないで、叔父様。これで良かったのよ」

その言葉は、まるで自分自身に言い聞かせるようでもある。

だって仕方がないではないか。

他にこのハワード伯爵家を立て直せる手段など存在しない。

（もうできることは全てしたわ。でも、もう限界だった……それでも領地がまるごと残ってさえいれば、領地運営で何とか回せたかもしれないけれど……）

貴族にとって最大の収入源である所領の内、もっとも税収が多かった主要領地は借金を背負ったその直後に叔父が売却してしまった。金を貸した商人に求められるままに。

残された領地から上がる収入だけでは、借金と利息の支払いをした上で生活することなどどう頑張っても無理だ。主要領地を手放した時点で、ハワード伯爵家は自力で立て直す手段の殆どを失ってしまったのだ。

恐らく商人はそれが目的だったのだろう。せめて売却する前にシャレアに一言でも相談があれば絶対に止めたのに、その隙さえ与えなかったのだから確信犯以外の何だというのか。

全ての原因は叔父だけれど、その叔父に遠慮して家のことに口を出さず任せきりだったシャレアにも責任はある。

まさかこんなことになっていたなんて知らなかった、と言うのはただの言い訳にしかならない。

後を継ぐ者として積極的に財産管理や領地運営に関わっておけば、もっと早くに家の状況に気付くことができたはずなのに……シャレアが事実を知って叔父に代わって財産の確認をした時には全てが遅かった。

それでも二年は保たせた。だが……これ以上は、本当に限界だ。

ふと視線を上げると部屋の隅に残された古い姿見がこちらを向いている。

古びて、どれほど磨いても曇りが取れなかったその鏡面には、まだ十八だというのに、売り物にならないほど古く地味なドレスに身を包んだ、疲れた顔をした自分の姿が映っている。

やつれているのは叔父だけではない、シャレア自身もそうだ。

問題が起こるまでは、毎日手入れを怠ったことのなかった亜麻色の髪は以前のような艶を失い、白魚のようだった手は慣れない家事で荒れている。

元々華奢《きゃしゃ》で細かった身体は健康を不安視するほど薄っぺらくなり、顔色も悪く表情も冴《さ》えない。

常に悩み事を抱えているような沈んだ表情をしていて、年頃の若い令嬢らしい華やかな笑顔は消えてしまった。

ただどんなにやつれても、シャレアが持つ美貌と気品が損なわれてはいない。

良く晴れた太陽《たいよう》の日差しを受けて輝くエメラルドの瞳は美しく、髪と同じ色の、少し目を伏せると目元に影を落とすほど長い睫《まつげ》は豊かだ。

鼻筋は綺麗《きれい》に通り、高すぎることも低すぎることもない。

殆ど手入れをしていなくても充分瑞々《みずみず》しい唇は口付けを乞うように淡く色づいていて、淡いピンク色のバラの花を想像させる。

まだ年若いわりに落ち着いたその雰囲気は自然に身につけられるものではなく、幼い頃からしっかりと高等教育を受けている者のみが得られるものだ。

それもそのはず。シャレアは公爵であるリカルドが求めるほど、この国でも特に古く由緒正しい歴史を誇るハワード伯爵家の一人娘である。

大恋愛の末結ばれた両親の間に生まれた唯一の子として、いずれは婿を得て家を継ぐ予定だった。十六歳で社交界デビューした当初は多くの縁談が舞い込んできていて、約束された豊かな人生を順調に歩む、そのはずだったのに。

しかし……その順調に回っていたはずの歯車がズレ始めたのは、両親を揃《そろ》って馬車の事故で亡くした二年前のことだ。

この国での成人は男女共に十八と定められていて、継承権を得ることができるのも成人後となる。その中でも女子は未婚では家督の継承を行うことができず、そのため二年前には未成年だった上に、まだ特定の婚約者もいなかったシャレアは、後見人なくしては家を継ぐことはできなかった。

そのため父の弟である叔父のパトリックがシャレアの後見人として名乗り出てくれたのである。

シャレアが夫を得てこの家を継げるようになるまで。

シャレアにとっては幼い頃から可愛《かわい》がってくれる、優しくて大好きな叔父様だ。

これまでずっと独身で子もいないパトリックは兄の娘であるシャレアを我が子のように可愛がってくれた。

だからこそ叔父が後見人に名乗りを上げてくれた時に、有り難く受け入れたのである。

だが……シャレアはパトリックに絶望的なほどに領地運営の才能がないことを知らなかった。

もっとも才能があろうとなかろうと、本来はさほど問題ではない。

ハワード家ほどの名門貴族家ならば領地から上がってくる収入だけで充分不自由のない生活を送ることができたし、そもそも貴族は労働を恥とする特別階級の人間だ。

パトリックは余計な色気を出さず現状維持に集中すればそれで良かったのだ。

しかし、パトリックはその余計な色気を出してしまった。彼としてもただ中継ぎの立場で終わることに思うことがあったのかもしれない。

彼なりに財産を殖《ふ》やして、その上で姪《めい》に家督を譲るつもりだったと言われてはシャレアも強く言うことはできず、ことの成り行きを見守るしかなかった。

だが……二年の間に少しずつ失敗が重なり、そのたびに財産を目減りさせ、極めつけは詐欺だ。

パトリックがシャレアの知らぬところで全ての財産の他、借金までしてつぎ込んでいた投資が破綻したのである。

それが世間に知られるやいなや、パトリックが金を借りたところから一斉に返済を求められ、あっという間に首が回らなくなった。

今やハワード家にあるのは莫大《ばくだい》な借金ばかりである。

近くこの屋敷は競売に掛けられ、残った領地も売却し二人は一文無しで路頭に迷う未来が待っている。

しかしそれでもまだ借金の返済には足りない。

パトリックやシャレアが必死に働いたとしても一生返し切れる額ではなく、唯一可能性があるとするなら、身売りだ。

若い貴族令嬢、それも未婚の無垢《むく》な乙女となれば娼館ではそれ相応に値を付ける者はいる。

そこに、没落したとはいえシャレアを娶《めと》れば名門伯爵家の爵位がついてくる。それを目当てに彼女を手に入れようと望む富豪もいる。

皮肉にも、パトリックはもっとも守りたいと願っていた兄の忘れ形見を、己のせいで苦界《くがい》へと突き落とす寸前だったのだ。

「済まない……本当に、お前にはなんと詫びれば……！」

そう言って叔父は何度も詫びながら涙を零《こぼ》していたけれど、これと言った解決策もなく、ただ泣き続けるパトリックよりもシャレアは少しだけ現実的だ。

自分自身にどれほどの値を付けてもらえるかは判《わか》らないけれど、叔父を路頭に迷わせるわけにはいかない。こんなことになっても、シャレアにとって唯一の肉親である。

自分にも責任があると思えば全ての情を捨て去ることはできず、見捨てることもできない。

『あなたにその気があるなら、もっとも高く値を付けてくれるところへ紹介いたしますよ』

と、いやらしく笑ってシャレアに耳打ちしたのは、元凶となった商人自身である。

いくらシャレアが世間知らずの箱入り娘といえど、彼の紹介するところが真っ当な相手ではないことくらい簡単に想像がつく。

けれど金になりそうなものはもうそれしかない。こんなことを考えているなんて、叔父には絶対に言えないけれど。

伯爵家の一人娘として生まれた時から家のために身を捧《ささ》げ、結婚することは覚悟していた。

まさか結婚すらせず、不特定多数の異性に身を売る人生を送ることは想像していなかった。

いや、売るのが身体だけならばまだマシだと思うような経験をする可能性だって充分ありえる。

死んだ方が良いと思うくらい、人としての尊厳を傷つけられることだって。

それでも……少なくとも自分が身を売ることで借金が清算されて叔父が救われるなら。

バルド公爵家からの使いがやってきたのは、そこまで追い込まれていた時だったのである。

並の令嬢ならばこの縁談条件を屈辱と感じただろう。

だが彼女にとっては降って湧いたような幸運だった。

(どんな条件であろうと構わない。きっと今より絶望的な状況ではないでしょうから)

リカルドがこの身に流れる血筋を求めているならば、可能な限り応じよう。

大人しく息を潜めて暮らせというのならそれでもいい。

もとより窮地を助けてもらう立場で、それ以上のことを望むつもりはない……けれど。

(ああ、でも一つだけお願いしたいことがあるわ……)

こちらから何かを求められる立場ではないと承知しながら、シャレアはただ一つの望みを書き添えて求婚状へ返信した。

嘆き続けるパトリックの嗚咽《おえつ》混じりの声を聞きながら。

そうしながら思い出す……リカルド・ロア・バルド。その名を持つ人と初めて出会った日のことを。


それはシャレアが社交デビューをして間もなくのことだった。

当年四十の壮年の国王、トリスタン一世と共に王宮主催の舞踏会に参加した彼は、一目でただの貴族ではなく王族と知れる威風堂々とした雰囲気を持つ人物だと感じさせた。

年頃は二十代前半ほどか。トリスタン王とは歳の離れた異母弟だと聞いている。

そのせいかあまり王には似ていない。

どちらかというと身体が大きく頑健で、王というよりは戦士といった方がしっくりくるようなトリスタン王とは違って、リカルドは物語に出てくる清廉な騎士といった雰囲気の持ち主だ。

キラキラと甘く優しい言葉で女性を愛する王子（あくまでイメージの話だ）よりは、己の欲を内に秘めながら忠実に、そして寡黙に愛を捧げる騎士そのもの、と話題になっていたことを知っている。

リカルド自身が持つストイックな雰囲気のせいもあるし漆黒の髪と青い瞳を持つ騎士が、不幸な姫君を魔女の許から連れ去り、その足元に跪《ひざまず》いて忠誠と共に情熱的な愛を誓う。

そんな年若い令嬢たちが夢に見そうな姿が良く似合う、優雅で、それでいて逞《たくま》しく男性的な美貌に恵まれた人物だったからだ。

当時令嬢たちの間で流行《はや》った、姫君と騎士の恋物語もまた大きく影響していた。

リカルドはその物語の中に出てくる男主人公たる騎士に良く似ているのだ。

なるほど、初めて噂《うわさ》の王弟殿下を目にした時にはシャレアも同じ印象を抱いた。

高潔で、清廉で、細身だが鍛えられていると判るしなやかな体つきも相まって、確かに物語に登場する騎士に雰囲気が良く似ているな、と。

とは言っても、シャレアは物語の登場人物と現実の男性を重ね合わせるほど夢見がちなタイプではないし、どちらかというと現実的なタイプだと思う。

他人に自分の理想を当てはめて期待するよりも、自分自身で考えて判断する方が得手なタイプで、それは間違いなく伯爵家の跡取り娘として育てられた影響が強い。

それでも年頃の娘だ。騎士服や甲冑《かっちゅう》に身を包み、マントを靡《なび》かせて騎乗する姿が良く似合いそうだと思うくらいにはその物語を楽しんでいた。

そして噂の君に憧れを抱くくらいには、普通の平凡な少女だったのである。

しかし、だからといって彼とどうにかなりたいなどと望んだことはない。

リカルドを遠目で見かけることは何度もあったけれど、面と向かって顔を合わせたのは二度、実際に言葉らしい言葉を交わしたのは後にも先にもただ一度だけ。

その初めて対面した場は、とある夏の夜に開かれた舞踏会でのことだ。

まだ両親も健在で、ハワード家もその栄華を誇っていた当時、シャレアは多くの人に囲まれながらも慣れない人付き合いに疲労を覚え、付添人《つきそいにん》の目を盗んでバルコニーへ逃げたことがある。

幸いにもそのバルコニーには他に人の姿はなく、用意されていたベンチに腰を下ろして、ホッと一息ついた時だ。

「きゃっ⁉」

突然バルコニーと室内へ続く廊下を繋《つな》ぐガラス扉が開いて、カーテンが大きく揺れた。

その合間から飛び込むように現れた人が、廊下からは見えない死角へと身を寄せたのだ。

あまりにも素早いその動きは、明らかに会場の喧噪《けんそう》から逃れてきただけと思えず……驚きに目を丸くしながらも、シャレアはついしげしげと見つめてしまうのを止められなかった。

その人は、若い男性だった。

スラリとした体躯《たいく》は一見細身に見えるけれど、先ほどのしなやかで無駄のない動きからそれなりに鍛えていると判る。

少し毛先を遊ばせる形で整えた漆黒の髪はまるで黒鳥の濡《ぬ》れ羽《ば》根《ね》のごとく、夜空の下でもひときわ艶を帯びて見える。

切れ長の目の色まではさすがに暗くて判らなかったけれど、通った鼻筋も形の良い唇も、男性的な鋭角的な頬《ほお》から顎の輪郭も全てがこれ以上はないほどに整っている。

歳の頃は二十代前半……シャレアより六つか七つ程度は年上だろうか。

シンプルにも見えるけれど、見る者が見れば一目で上等な生地と手間のかかった腕の立つ職人が施した刺繍《ししゅう》、そして要所を質の高い宝石が彩る衣装はそのまま彼の身分の高さを表している。

もっとも衣装のことがなかったとしてもシャレアはすぐにその人物が誰かが判った。

何しろ会場で多くの人の憧れの視線を一身に受けていた、王弟であり若きバルド公爵その人だったから。

その美貌も振る舞いもそして存在感も、全て彼という人間を忘れることはできないほどに強く印象に残している。

「あっ……」

そんなことを考えながら、ハッとした。

自分の不躾《ぶしつけ》な観察が相手に対して非礼になると思い当たったのだ。

案の定、リカルドの表情が硬く険しいのは、シャレアを警戒しているからではないか。

「た、大変失礼を……」

慌てて謝罪と礼を尽くそうとしたが、直後バルコニーに面したガラス扉の向こうから高い女性達の声が聞こえた時に理解した。彼が向けてきた警戒はシャレア個人にというよりは、若い女性に対してのものだと。

というのも彼女たちの声に見るからに目の前の青年の警戒が強くなり、これまで以上にその表情が険しくなったからだ。

「リカルド様！　バルド公爵様、どちらへいらっしゃいますの？」

「もう、私たちを置いて行かれるなんて意地悪な方、どうか出ていらしてくださいませ」

良く言えば甘く艶《あで》やかに、悪くいえば媚《こ》びて粘ついた声は廊下から響いてくる。

リカルドの表情はそれ以上変わることはなかったけれど、名を呼ばれても出て行こうとしないところからして、多分彼女たちとの時間を望んでいないのだろう。

普通の紳士ならこれほど女性に名を呼ばれて無視はしない。本心はどうであれ、何かご用でしょうかと微笑を湛えながら姿を見せるところのはずだ……が。

（ああ、そういえば女性がお嫌いだって……もしかしてこちらに避難してこられたのかしら。だとしたら、きっと私も邪魔になるわね）

彼は廊下の女性達だけでなく、目の前のシャレアにも警戒している。

（いいえ、違う……警戒というよりも……これは嫌悪？）

明るいところでは目が覚めるほど美しい青と噂の瞳が、今は冬の夜の海のように深く暗い色と冷たさでこちらを見ている。

なぜ初対面でこれほど嫌悪されるのかと心が怯《おび》えたが、もう一つ彼にまつわる噂話《うわさばなし》を思い出した。

それは社交界にデビューして間もないシャレアの耳にも届くくらい有名な話だ。

『バルド公爵リカルドは女嫌い。そしてそれ以上に愛を知らない冷酷な人物だ』

さすがに愛を知らないなんて言いすぎではないかと思っていたが、彼が幼少の頃生みの母である側妃《そくひ》から虐待に近い扱いを受けていた、というのは社交界では有名な話だ。

それゆえ、実母と同じ威圧的な高位貴族女性が特に嫌いなのだと聞いたことがある。

本来ならば王家の恥となり、伏せられることの多い話だろうからどこまで本当かはシャレアには判らない。

けれど彼のこんな嫌悪感に満ちた目を見るとあながち嘘《うそ》ではないのかもと思えてしまう。

本来ならばこんな場合、一言二言挨拶くらいはかわすものだ。

社交界には身分の高い者から名乗らなければ下位の者から名乗ることはできない、という暗黙のルールが存在するから、リカルドは相手に挨拶をさせるためにもそういった配慮をする義務がある。

だが、きっと彼はそれを望んでいないのだろう。

相手に迷惑に思われているところに無理に名乗り上げるわけにもいかず、シャレアは少しばかり悩んだ後にこの場を彼に譲ることにした。

元々人目のない場所で年頃の男女が長い時間を過ごすのもよろしくない。

先にいたのはシャレアなのだから、この場合譲るのはリカルドの方になるのだろうが……彼が表に出れば先ほどの女性達と出くわすだろう。

人混みの中にまた戻るのは少しだけ憂鬱だけれど、それ以上にリカルドの方が大変だろうし、ここでいたたまれない時間を過ごすよりはマシだろう。シャレアは一度だけにこりと微笑《ほほえ》み、淑女の礼を取るとそれ以上余計な口を開くことはせずに彼の脇をすり抜けて、バルコニーから立ち去った。

背後でリカルドが少し拍子抜けしたような視線を向けていることには気付かないままに。

廊下に出れば案の定、先ほどリカルドの名を呼んでいた令嬢二人と出くわした。

「あら、あなた……ハワード伯爵家の？　失礼ですけれど、こちらにバルド公爵様はいらっしゃいませんでした？」

伯爵令嬢が怪訝《けげん》そうにそう問いかけてくる。

「バルド公爵様ですか？　いいえ、バルコニーには私だけでした。お恥ずかしながらまだデビューしたばかりで人混みに慣れていなくて……」

社交界に不慣れであることは事実だったので、少しばかり恥じ入るように答えれば幸いにも彼女たちはその言葉を信じてくれたらしい。

見ればリカルドを捜していた令嬢のうち一人は、社交界で知らぬ者がいないほど高名な侯爵家の令嬢であり、もう一人は彼女の取り巻きとして知られている令嬢だ。

侯爵令嬢はもうとっくに婚約者がいるか、結婚していておかしくない年齢だが、彼女がリカルドの行く先々へと現れて、なりふり構わず彼に纏《まと》わり付いているという噂は知っている。

一度しかない人生だから結婚相手に妥協したくはない……その相手としてリカルドに勝る独身貴族男性は他にいない、という彼女たちの気持ちは理解できる。

（でも侯爵令嬢とのご縁を、バルド公爵は望んでいらっしゃらないみたい。望んでいたら今頃とっく

にご婚約なり結婚なりなさっているでしょうし……ここへ避難してくることはなかったでしょう）

リカルドなら、望まない結婚には否《いや》と告げられる立場だ。

きっととっくに侯爵令嬢は彼との縁談を断られているはず。それでもこうして追いかけ、そしてリカルドが堪《たま》りかねて身を隠すということは……何度断っても諦められずに強引に押しかけてくる侯爵令嬢への対応にウンザリしている、という図式が想像できる。

だがその問題にシャレアが口を挟むべきではない。余計な口出しは身を滅ぼす要因の一つ。

ぺこりと軽く会釈してじっとしていると、幸いにも二人はすぐにその場から立ち去ってしまった。

その背を見送ってホッと息を吐く。

その時、撒《ま》いたはずの付添人である叔母がシャレアを見つけて駆け寄ってきた。どうやら会場で姿を消してからずっと、探し回らせてしまったらしい。

「もう、シャレアったら！　一体どこへ行っていたの、あなたにはまだまだ紹介したい人がたくさんいるのですよ！」

「ごめんなさい、叔母様。少し疲れてしまって……」

素直に詫びれば叔母は仕方ないわねと言わんばかりに溜息を吐き、そして苦笑した。

確かに年若い姪に次々と若い青年を紹介しすぎている自覚はあるらしい。

「大変なのは判るわ。でもあなたはハワード伯爵家のただ一人の跡取り娘なの。婿入りしてくださる、相応しい人を探さなければならない。それは判るわね」

「ええ、もちろんです。叔母様のお気遣いには感謝しております」

「ならもう少しだけ我慢してちょうだい。あなただってできることなら自分でお相手を選びたいでしょう？　ほら、あちらで紹介しようとお待たせしている方がいるのよ、急いで」

はい、と内心憂鬱な気分を押し隠しながらシャレアは微笑むと、先を行く叔母の後について会場へと戻った。

その時一度だけバルコニーの方を振り返ったが、まだそこにいるはずの人の姿はカーテンの死角に隠れて見えない。

（もう少し明るい場所で、綺麗と噂の瞳を拝見してみたかったけれど……きっともう面と向かってお目にかかる機会はないでしょうね）

そう思って少し残念に思っていたシャレアだったが、その予想は少しだけ違っていたと彼女が知るのは、それから一月ほど過ぎた頃である。

その夜、人に追われてバルコニーに逃げ込んだのはシャレアの方だった。

というのもこの一ヶ月の間で叔母からは多くの結婚相手となり得る独身貴族男性の紹介を受けたが、その一部に質の悪いしつこい男性がいて、その男性に追い回される羽目になっていたからだ。

「レディ・シャレア。どちらにいらっしゃいますか、どうか恥じらわずに可憐な笑顔を私に見せてください」

笑顔を見せろだなんて、冗談ではない。恥じらっているのではなく嫌がっているのだ。

この一ヶ月行く先々でつきまとわれては、そのたびに粘着質な視線を向けられてきた。

初めの方こそはこれも社交の内だと考えて愛想良く会話の相手をしたし、ダンスの申し込みも受けていたけれど、そのうちにその男性はまるで自分がシャレアの恋人のように振る舞い出したのだ。

婚約式は早い方が良い、結婚式は来年の春にしよう、子どもは三人ほしい。

そんな会話が自然と男性の口から出てくるようになった時、シャレアが感じたのは恐怖である。

まるで自分たちが将来を約束した仲のような口ぶりだけれど、シャレアにとってこの男性はあくまでも顔見知りの一人にしかすぎない。

結婚の約束どころか恋人ですらなく、親しげに肩を抱かれたり、二人きりで会話に興じたりするような関係では決してない。

大体告白だってされていないのだ。

それなのに既に自分たちの間には特別な関係があると周囲に匂わせるやり方は非常に卑怯《ひきょう》だ。

おかげで最近では行く先々で祝福される。交際さえしていない相手との未来を。

それはひどく不気味で、シャレアには得体の知れない存在にしか思えなかった。

両親に相談したけれど、両親も正式な申し込みや決定的な行動がない限り相手を拒絶することは難しいという。

「下手をすればこちらが自意識過剰に相手を侮辱したと因縁をつけられかねない……卑怯だな。恐らくそれを見越して外堀から埋めようとしているのだろう。いっそ正式に申し込んできたなら、はっきりと断ることもできるものを」

父はそう言って難しげに眉根を寄せたし、母も同じ女としてシャレアの恐怖に寄り添ってくれた。

「とにかくシャレア。しばらくは一人で行動しないように。必ず付添人と共に行動するんだよ」

呟《つぶや》く父の言葉に肯《うなず》いたのはつい先日のことだった、それなのに。

（その付添人である叔母様に、相手と二人きりにされてしまったらどうしたらいいの……！）

父は叔母にもこのことはしっかりと言い含めてくれていたはずだが、どうやら男性は叔母に上手《うま》いこと取り入ってその警戒心を溶かしてしまったようなのだ。

どこか夢見がちでロマンチストな叔母は、男性のシャレアへの想いを語られてすっかり感情移入してしまったらしい。

「話をしないうちにお相手を避けるのは失礼なことよ。あなたもお兄様にも何か誤解があるようだし、きちんとお話をするのが良いと思うわ」

もちろん叔母はそれがシャレアのためになると信じている。善良な人なのだ……ただ、人を疑うということを知らないだけで。

そうして予想に反して男性と二人きりにされたシャレアは、一度は叔母の言うことにも一理あるのかもしれないと、改めて相手との会話を試みようとした。

だが……

「せっかくの機会を誰かに邪魔されたくはありません。場所を移しませんか」

そう言って男性がシャレアを連れ込もうとした先は、休憩室として用意されていた個室である。

戸惑う彼女の手を強引に掴《つか》んで、引きずり込もうとする男性の瞳から感じたのは恋情ではなく、欲望と強欲な野心。

その生々しい感情を宿した瞳は、到底社交デビューしたばかりの年若い娘に受け止めきれるものではなく、シャレアは全身を襲う恐怖のままに反射的に相手の足を踏みつけ、痛みにひるんだその隙に掴まれた手を引き抜いて逃げ出した。

その逃げ込んだ先がバルコニーだったのである。

「レディ・シャレア〜!」

間延びした声でシャレアの名を呼ぶ男性の声に「ひっ」と短い悲鳴を喉の奥で漏らし、できるだけ目につかないバルコニーの端に寄ろうとした。

しかしあまりにも後ろばかりを気にしていたシャレアは、そこに他に人がいることに気付かず……殆ど全身で体当たりをしてしまう勢いでぶつかってしまったのだ。

「きゃっ……!?」

まるで大きく、柔らかな壁にぶつかったような感覚だった。

全く予期しない衝撃にシャレアの軽い身体は簡単に後ろによろめいて、そのまま尻餅をついてしまいそうになる。

衝撃を覚悟して咄嗟《とっさ》に目を瞑《つぶ》ったが、しかし予想した痛みは襲ってはこず、代わりにシャレアの身を包み込んだのは先ほど体当たりをしたと思われた、柔らかな壁の感触だった。

「えっ……」

壁、と表現したが、もちろん今自分が身を寄せている存在が文字通り壁ではないことは判る。

壁には金細工のボタンも上等な生地の感触もなければ、温《ぬく》もりもない。

触れた布を隔てた向こうに人の身体の存在を感じることだってないし、シャレアの腕を掴んで転ぶのを引き留めてくれることだって、腰を支えてくれることだってない。

何より壁から心臓の鼓動が聞こえてくるはずがないのだから。

（……私は今、何に……いいえ、誰に縋《すが》り付いているの……？）

これではまるで真正面から誰かに抱きついているみたいではないか。

どくどくと一定のリズムで聞こえてくる相手の鼓動を耳にしながら、怖々とぎこちなく顔を上げたシャレアはそこで真正面から相手と視線を合わせてしまうことになった。

「……青」

最初に認識したのは、確かに青だった。

夜の帳《とばり》の中、バルコニーに置かれた淡い灯《あか》りだけでは見て取ることは難しい相手の瞳の色も、これだけ近づけば見える。

月の光と、ランプの灯りとの両方を受けて、星のような輝きを宿す瞳は、文字通り目の覚めるような青だ。

（きれい……）

素直に、そう思った。

少しの間その青に見惚《みほ》れて、その次に目に入ったのは非常に整った相手の目鼻立ちである。

切れ長の目元も、スッと理想的な高さと形で存在する鼻も、有名な画家が一筆で描いたような眉も、薄く引き結ばれた唇も何もかもがこれ以上はないバランスと配置でシャープな輪郭の中に収まっている。

近くで見ると、睫が長い。

ほんのりと芳《かぐわ》しく爽やかな香りはシトラスのコロンだろうか。

とても綺麗な人なのに、その美貌は女性的な繊細なものではなく、男性的な精悍《せいかん》なそれに感じるのは相手の身体のパーツがシャレアよりも大きく、逞しく、そしてしっかりと骨が通っていると理解できるからだ。

そう、相手は男性だ。

それもその美貌と青い瞳が多くの人々の間で噂となるほどの人物。

リカルド・ロア・バルド。

王弟にして若き美貌の、噂の公爵様その人だった。

……生まれて初めて、男性に対してどきっと胸の鼓動が高鳴ったのはこの瞬間だったかもしれない。

「……あっ……！」

かあっと染まった顔を見られたくなくて、慌てて身を引いた。

けれど先ほどとは理由の違う緊張で固くなったシャレアの身体は、咄嗟に大きな動きに対応しきれなかったのか、また足元をふらつかせてしまう。

結果、無言で両手を支えられ、反射的に俯《うつむ》いた顔を上げられなくなってしまった。

「も、もうしわけ、ありません……！」

どうしよう。一か月前に同じくバルコニーで出くわした時には冷静に対応できていたのに、今はそれが上手くできない。

そこで、さあっと顔から血の気が引く思いがした。

(どうしましょう。大変……！　バルド公爵様は女性がお嫌いだと聞いていたのに……！)

その女嫌いなリカルドにとっては今のこの状況はどれほどの苦痛だろうか。

すぐに離れなければ。彼の邪魔をして、不興を買ってはいけない。

「失礼いたします」

早く退出せねばと慌てるあまり、シャレアは少し前の自分の状況を失念してしまっていた。

そのことに気付いたのは、急いでバルコニーから廊下へ戻るガラス扉を開いた直後だ。

「おお、レディ・シャレア！　こちらにいらっしゃったのですか。恥ずかしがり屋なところも大変可愛らしいのですが、あまり焦らされては困ります」

先ほどからシャレアを追ってきた男性の声が耳に飛び込んで、再び身が硬直した。

カタカタと小刻みに揺れ始めた身体の震えを止めることができず、吸い込んだ息がひゅっと不自然な音を立てる。

「ですがお会いできて良かった。あまり時間がありません、急ぎこれから先のことについて相談いたしましょう」

瞳をギラギラと輝かせてそんなことを言われても、シャレアに応じることはできない。

首を横に振ると、懸命に震える声で告げた。

「私にあなたと相談するようなことはございません。何度も、そう申し上げました」

明確な拒絶に対して、しかし男はまるでシャレアの言葉が聞こえていないかのように笑う。

「最高級の絹を取り寄せましょう。レースや宝石も。あなたには純白の貞淑な花嫁衣装が大変良く似合います」

この男が怖いのは、こうしてまったく会話にならないことだ。

大体婚約さえしていない相手と、花嫁衣装について論じ合う理由などない、それなのに。

「私の花嫁衣装に、あなたは関係ありません……‼」

堪らず、ひときわ悲痛な高い声で訴えた、その直後だ。男の顔色が明確に変わった。

やれやれと言わんばかりに頭を振ると、急にぞんざいな態度になってこちらをねめつけてくる。

「困ったものですね。いつまでも聞き分けのないことを仰って」

まるでこちらが悪いと言わんばかりに一方的に叱りつけてくるような言葉だ。

しかしこれもまた、シャレアには理不尽なものだ。

「わ、私には、あなたに従う理由がありません。それなのにこのように強引な真似《まね》は、失礼ではありませんか……！」

シャレアがもう少し場数を踏んでいれば、もっと上手にいなすことができたかもしれない。あるいは、もう少し男慣れしていれば、堂々と怯えた姿を見せずに振る舞うことができたかも。

しかしこの時のシャレアはまだデビューして間もない十六歳の少女で、社交界経験も乏しく、異性にもほぼ免疫がない。だからこそ、はっきりと正論で告げることが、逆に相手を刺激してしまう可能性を知らなかった。

ふう、と男が溜息を吐くと、先ほどの不機嫌そうな表情に途端に粘ついた笑みを浮かべ、露骨なほどの猫撫《ねこな》で声《ごえ》で、言い聞かせるように告げてきた。

「なるほど、あなたが強引だと感じてしまうくらいには、まだ私たちは親しくなれていないようです」

やっと会話が通じたかと、一瞬だけホッとしかけたけれど。

「ならばもっと親しくなるためには、対話を重ねる必要がある。さあ、どうぞ、あなたとの時間を過ごすために部屋を用意しています、どうぞこちらへ」

おもむろに男は二人の間にある距離を踏み越えてきたかと思ったら、その直後にはシャレアの手首を強引に掴んでいた。

「なっ……！」

「さあ」

そのまま従えば、今度こそ個室へと引きずり込まれてしまう。

そうなれば、シャレアの令嬢としての人生は終わりだ。たとえ男の言うとおり対話だけしかしなかったとしても、異性と二人きりで個室に入ったという事実は、既成事実として成立してしまう。

無理矢理《むりやり》異性に個室に連れ込まれて、結果名誉を汚され、その相手と泣く泣く婚姻を結ばねばならなくなった令嬢の話は少なくない。シャレアもデビュー前には母から何度も注意を受けていたことだ。

絶対に応じるわけにはいかない……けれど、強引に手を引く男の力に、非力な少女が抗《あらが》うことは到底不可能だ。

「や、止めてください、離して……！」

必死に訴えても男はお構いなしに彼女を廊下の向こうへと引きずって行こうとする。

必死にバルコニーの出入り口の縁に片手を掛けて、両足に力を込めて抵抗しようとした時だった。

シャレアの後ろから伸びる手があった。

その手はシャレアの脇を抜けるように前へ出て、彼女の手を掴む男の手首を逆に掴み返す。

男がぎょっと目を丸くしたのと、シャレアがハッと後ろを振り返ったのは殆ど同時だ。

頭の上から、低い淡々とした声が聞こえてきた。

「嫌がる令嬢を無理矢理どこへ連れて行くつもりだ。場合によっては貴殿が法廷に引き摺り出されることになりかねない」

「な、ば、バルド公爵……閣下……!? ち、違うのです、これは、その……このご令嬢と私は将来を約束した仲で……」

リカルドの顔を知らぬ者はいない。それはこの男も同じだったようだ。

途端に狼狽《うろた》えて言い訳をする男に、リカルドの問うような視線がシャレアへと向けられる。彼女が否定するように慌てて首を横に振れば、とたんに確かな軽蔑と嫌悪感を込めて男に告げた。

「彼女は違うと言っている。多くのものを失いたくなければ、今すぐこの手を離せ。またこのことで令嬢の名誉を穢《けが》すようなことがあれば、私の名にかけて真実を明らかにすると承知せよ」

しつこい男性も、相手が高名な公爵となれば途端に借りてきた猫以上に大人しくなる。

「い、いや、そ、その…………し、承知しました……!」

シャレアの手首から男がパッと手を離した。すると、途端にリカルドも男の手首を突き放す。

よろよろと二、三歩後ろにたたらを踏んだ男は謝罪の言葉もそこそこに、あっけないくらい簡単にその場から立ち去って行った。

ふう、とリカルドが露骨に呆《あき》れた溜息を吐きながらこちらを振り返る。

「……お互い、遠慮を知らぬ輩《やから》には苦労させられる」

一瞬、その言葉が自分に向けられたものとは思わず、反応が遅れた。

助けてもらえるとはまったく想像もしていなかったシャレアは、安堵感《あんどかん》に思わず力が抜けてしまいそうになる両足を懸命に踏ん張って、どうにか背筋を伸ばし、頭を下げる。

「お、お助けいただき、ありがとうございます。本当になんと、お礼を申し上げれば……」

「これで貸し借りはなしだ」

目を丸くした。一瞬何のことかと思ったが、どうやら前回シャレアが彼を追いかけてきた令嬢を追い返したことを覚えていたようだ。

そしてあの時のことがリカルドの中で借りを作ったことになっていたらしい。

意外と律儀な人だなと思うとなんとなく気が抜けて、泣き笑いのような顔で微笑むと、リカルドは一瞬だけ顎を引く仕草を見せた。

いつも気難しい表情をしている彼が、笑顔を向けられてほんのちょっと動揺したように見えて、意外な気持ちになる。

まるでその反応が、女性に不慣れな思春期の少年のように感じたから。

まさかそんなはずはないと思いながらも、再びシャレアの鼓動が大きく跳ねるのは止められない。

(全ては相手の容姿や動作の一つ一つが整いすぎているせいよ。私は男性の外見をそれほど気にするほうじゃないと思っていたけれど、やっぱり圧倒的すぎるもの)

無意識に己の胸元を押さえた時。

「……リカルド・ロア・バルドだ」

突然名乗られて、またもポカンとしてしまった。

一瞬遅れて遠回しに名を尋ねられているのだと気付くと、改めて姿勢を正すとできるだけ優雅に、指の先まで気を使ったカーテシーと共に名乗り返す。

「シャレア・ハワードにございます。改めましてバルド公に感謝申し上げます」

「ハワード卿《きょう》のご息女か……あなたのように、身分も、家柄も、美貌や教養を持ち合わせた若い令嬢は男達には垂涎《すいぜん》の的だ。先ほどのようなことになる前に早く会場へ戻りなさい」

「えっ……」

身分や家柄についてはともかく、リカルドの口から容姿や教養を褒められるような言葉が出たことに驚いた。彼に比べればシャレアなど道端の野花と変わりないはずなのに。

けれど社交辞令だと判っていてもその言葉は嬉《うれ》しい。

じわっと頬が熱くなる。感情が高ぶって、涙ぐんでいるように見えたのか、目の前にハンカチが差し出された。思わず反射的に受け取ると、彼は相変わらず冷静な低い声で一言、

「返さなくていい。良い夜を」

一言残し、彼はそれきり振り返らずに立ち去って行った。

凛《りん》と伸びた背筋と、動きの一つ一つが洗練された振る舞いを前に、シャレアは少しの間そこから動くことができなかった。

冷たく愛想のない人だと聞いていた。

確かにとっつきにくい独特の雰囲気は否定できない、でも……

「全然冷たくない……お優しい方だわ……」

シャレアがリカルドと直接言葉を交わしたのはこの時だけだ。

その後も幾度か社交界で姿を見かけることはあったけれど、特別なことは一切存在しない。

ただ唯一変わったのは、シャレアがもらったハンカチを大切に宝箱にしまい、そして彼の名や姿に少しばかり以前より敏感になってしまった、というだけのことで。

それは年若い令嬢が多感な時期によく抱く、年上の麗しい男性に対する淡い憧れや思慕だと言われればその通りのような気がした。

その感情を温め続けていればいつかはもっと深い感情へと変わったかもしれないが、それから間もなくしてシャレアは両親を一度に失うという大きな悲しみに直面し、淡い感情もその時の記憶も全てが押し流されてしまった。

その後も次々と起こる問題や、徐々に苦しくなってくる生活に社交界からも足が遠のき、気がつけばハワード家の急激な零落が広まって、山ほどあった縁談も、しつこい求婚者たちも、付添人を務めてくれた叔母を含む親戚一同もみな波が引くようになって現在に至る。

正直今日になって使者がやってくるまで、リカルドのことを思い出している余裕もなく、宝箱にしまったハンカチの存在も忘れてしまっていた。

あれから二年、シャレアは十八になった。

リカルドは自分より六つか七つ年上だったから、今はもう二十代半ばだろうか。

公爵としても王弟としても結婚と後継を強く望まれるようになる年齢でもある。

彼がその気になれば自ら手を上げる令嬢は山ほどいるはずなのに、いくら家柄が良いとはいえ没落貴族令嬢のシャレアに声をかけてくるということは、彼の女嫌いはまだ改善されてはいないらしい。

いや、むしろ悪化しているのかもしれない。

そうでなくば、大金まで出して自分の言いなりになる娘と結婚しようなどとは思わないだろうから。

あれからずっと、叔父のパトリックはこんなひどい結婚はないと嘆き続けている。

しかしシャレアの腹は既に決まった。相手が子を産むだけの従順な妻を望むなら、そうしよう。それでこんな毎日から解放されるなら、有り難い話だ。

「……ただ一つだけ、家を継げなくなってしまうことだけが心残りね……ごめんなさい、お父様。お母様」

大切な跡取り娘として育ててくれたけれど、公爵家に嫁ぐならそれはできない。

借金問題が解決して、パトリックが落ち着いてくれた時を見計らい、爵位は正式に叔父に譲ろう。

財産は失ってしまったけれど、名だけは残せる。

贅沢《ぜいたく》をせず、細々と暮らすならば、パトリックと使用人数人の生活はできるはずだ。

シャレアは自分のこれからの生活に集中すれば良い。

邪魔にならぬように、出しゃばらないように、煩わせないように、役目を果たせるように。

夫から愛されることはなくても、もし子が生まれれば、その子と愛し愛される生活はできるとそう願いたい。

リカルドが顔合わせのために、数人の供を連れてハワード伯爵邸へと訪れたのは、縁談に応じて三日後のことだった。

冬を終え、春を迎えたばかりの今の時期は心地よい日和が続くはずだが、この日に限って言えば朝から曇天が続き、灰色の重い雲が空を覆って太陽の光を遮ってしまっている。

そのせいか、賑々《にぎにぎ》しいはずの小鳥たちの鳴き声も随分と控えめで、全体的にどんよりとした空気を感じる朝だった。

「幸先《さいさき》が悪い……」

パトリックまでもが重苦しい声で呟いたが、それ以上反対の言葉を口にすることがなかったのは、この三日でシャレアが嫌と言うほど彼を説得したからだ。

パトリックとしては自分の判断ミスで家を没落させたのだから、自分でどうにか解決したいという思いがあったらしい。

しかしそれができればとうの昔に叶《かな》っている話だし、もはや自分たちの努力ではどうすることもできないのは明白。

ならばリカルドの申し入れを受けるべきだと訴えて、どうにか矛を収めてもらったのである。

それよりも、とシャレアは視線を目の前の青年へと定める。

「お久しぶりです、と申し上げるべきか……」

背筋を伸ばし、まっすぐに彼を見つめるシャレアにリカルドはそう言った。

会話を先に切り出してくれたことに感謝して、精一杯微笑みながらお辞儀をする。

「はい。お久しぶりでございます、バルド公爵様。再びお会いできましたこと、光栄にございます」

二年ぶりに顔を合わせたリカルドは、シャレアの記憶にある彼の姿よりも随分と男性的な魅力が強くなっているように見えた。

当時の繊細な美貌はそのままに、逞しさや精悍さが増したというべきだろうか。

その分、人を寄せ付けない近寄りがたい雰囲気も増したように思うが、以前は少しばかり感じていた鋭いナイフのような攻撃的な雰囲気は少しばかり和らいでいる印象だ。

言うなれば角が取れて少し丸くなり、円熟味が増したような。

今はまだ二十代半ばの青年だが、あと十年も経《た》てばさらに多くの貴婦人たちを籠絡するような男性になりそうな未来が容易《たやす》く想像できた。

それに比べて自分は二年前とさほど変わっていないな、と少しばかり引け目を感じてしまう。

（いいえ、以前より生活苦が顔に出ているかも……この方の隣に並ぶのは、どれほど着飾っても荷が重そうね……）

髪の艶はなく、肌も荒れている。

華奢と言えば聞こえは良いが、やつれて痩せた身体はみすぼらしく、きっと見た目からしてまだ十八の娘には見えないだろう。

顔合わせの日の為《ため》にできる限りの手入れはしたけれど、たった三日では大して変化もない。

身に纏《まと》うドレスも、お金になりそうなものは真っ先に売ってしまったので、数世代前の古い型だ。

こちらもできる限り手を入れたけれど、付け足すレースもリボンもないし、解いて縫い直す時間もなかったから、何もしないよりはマシ、という程度の違いでしかない。

けれど俯くようなことはしたくなかった。

たとえ買われた存在であっても、シャレアはリカルドの妻になるのであって、奴隷になるわけではない。貴族令嬢としての誇りだって忘れたつもりはない。

それが最後にに残された、彼女なりの矜持《きょうじ》だ。

そんなシャレアにリカルドが何かを言いかける。

「このたびの縁談は……」

しかしシャレアがその言葉の続きを聞くことはできなかった。というのも、ちょうど彼のその言葉を遮るような第三者の乱入があったためだ。

本来ならば来客中に無関係な人間が乱入してくるなど考えられない。使用人が壁となって取り次ぐからだ。しかし今のハワード家にそのような使用人は存在せず、そのために来客は堂々と正面玄関からこの応接室まで足を踏み入れてきたのである。

「今日こそ全ての精算をしていただきますよ、パトリック殿。それが無理なら……」

まるで我が物顔で顔を出したのは、パトリックが大きな借金を作るきっかけとなった、オーブリー商会の頭取であるオーブリーその人だ。

シャレアに身売りを唆《そそのか》した当人でもある。

足音も荒くやってきたオーブリーの姿にパトリックは身を竦《すく》ませ、シャレアは顔色を青ざめさせた。

リカルドの供として同伴している先日の副執事……マーカスと名乗った青年の表情が険しくなる。

本来あり得ないことだ。来客の中に別の来客が乱入してくることも、公爵であるリカルドの言葉を商人ごときが遮ることも、そしてそれを家の者が防ぐこともできずに通してしまうことも。

「申し訳ございません……！」

咄嗟に詫びた。これでリカルドがへそを曲げてやはりこの縁談はなしとされてしまったら困る。

オーブリーの方も他に来客がいるとは思っていなかったようで、途中で口を噤《つぐ》み、しげしげと不躾な視線をリカルドへと向けている。

マーカスの責める鋭い視線が肌に刺さるようだ。

しかしリカルド自身はというと、その眉一つ動かさずに口を開いた。

「……なるほど、債権者か。ならば話は早い。まずは目先の問題を片付けよう」

そう言ってリカルドが視線を向けたのは、今一人随伴させてきた者だ。まだ自己紹介を受けていないのでその人物が誰かはシャレアには判らなかったが、使用人という雰囲気ではない。

その人物はリカルドの言葉を承知したように恭《うやうや》しく頭を下げ、自らオーブリーの元へ歩み寄ると何事かを囁《ささや》いた。

その言葉に目を見開く商人をよそに、リカルドは言う。

「我が家の監査官のジョシュア・レノックスです。必要になると思い、今回同行してもらいました」

「監査官……ですか」

一般の貴族家では家の収支は執事が担当する場合が多いが、公爵家ほどの大きな家になるとより専門的な人材を雇うらしい。またリカルドは家の使用人だけでなく外部にも依頼して公爵家の財産を管理しているとのことで、今回はその外部で契約している人物を連れてきたらしい。

バルド公爵家の財産管理に関わる人物なのだから、その能力は確かだろう。

「現在までのハワード家の負債は全て私が精算します。だが負債がゼロになったからといってそれで解決する問題ではない。私もいつまでもこの伯爵家に無制限に援助し続けるわけにもいかない。できる限り早く、自立できるようになっていただかねば」

もっともな言葉だ。恥じ入るように目を伏せたシャレアだが、同じように羞恥したパトリックはその顔を真っ赤にする。

無理もない。こんなに恥ずかしいことはない。リカルドに今のハワード家は自分で立ち直る術がない赤ん坊と同じ扱いをされたのである。

それがパトリックには屈辱に感じられたのだろう。だがシャレアは違う。

「失礼なことを申し上げている自覚はあります。ご不快に感じられたのならお詫びします」

「……いいえ、とんでもございません。正直申し上げて、正しい知識で助言してくださる方の助力がほしいと切実に感じていたのです。……願ってもないことです」

本心からの言葉だ。これほど世話になってはその後が怖いとパトリックは疑っているようだが、シャレアは今のハワード家には助言してくれる人の存在は絶対的に必要だと痛感している。

シャレアには経験がなく、パトリックに関しては次男ということもあり、その教育が薄い。

以前付き合いのあった会計士にも、無理な投資を繰り返すパトリックと対立してからは手を引かれてしまい、不慣れなシャレアとパトリックの二人でどうにかしなくてはならなかった……それがまた悪化した一因でもあると自覚している。

借金を清算してくれて、専門の人材も紹介してくれて、その上自立できるまでの援助を保証《ほしょう》してくれて……シャレアが嫁ぐ、というだけでは返し切れない恩だ。

「ありがとうございます、本当に……これほどのことをしていただけるなんて……」

「妻となる人の実家の窮地を救うのは当然のことです」

妻、と彼の口から紡がれた言葉になぜかドキッとした。

言葉こそぶっきらぼうで、相変わらずその顔に笑みはなかったけれど、不思議とその青い瞳が優しげに見えて、じわりと胸の内が温かくなる。

(大丈夫。きっと、そんなに悪い結婚生活にはならないわ……そんな気がする)

芽生えた期待を胸に心からの思いを込めて、シャレアは深く頭を下げた。

「バルド公爵様のお望みになる、良き妻になれるよう精一杯の努力をすると誓います」

心から誓うシャレアを、叔父が何とも言えない情けない眼差《まなざ》しで見つめていることに気づかずに。

「本当にこれで良かったのでしょうか。いくら血筋が良いとはいえ、今にも路頭に迷いそうな没落貴族の娘など……リカルド様にはもっと相応しい家柄のご令嬢がいらっしゃるでしょうに」

「旦那様がお決めになったことだ。余計なことは言わずに、奥様をお迎えする準備を滞りなく進めなさい」

不満げに呟くのは、バルド家に仕える副執事であるマーカスだ。

その青年を老齢の男性が静かに窘める。

二人の制服の襟に刻まれているのはバルド公爵家の家紋であり、使用人でその家紋が刺繍された制服を身につけることを許されているのはごく一部の上級使用人のみ。

それもそのはずで老齢の男性はいわゆる使用人の中でも序列一位となる家令である。

他に序列二位となる執事が存在するが、現在は主人であるリカルドに代わって領地支配人も兼任して領地と屋敷の管理を任されており、ここにはいない。

通常の貴族家であれば家令、執事、副執事と三人もの上級男性使用人を全て揃える必要はない。

多くの場合、副執事などと呼ばれる使用人も滅多《めった》に見かけないし、執事が家令の役目も兼任している。それで充分事足りるからだ。

その上級使用人の人数が、バルド公爵家の格と規模の大きさを表しているといえよう。

「ですが私はどうしても納得ができないのです。このたびのご結婚は旦那様には全く利のないことです。お望みになれば我が国の上級貴族家のご令嬢はもちろん、他国の姫君ですら……！」

「マーカス」

家令に低く名を呼ばれて、マーカスが唇を引き結んだ。

しかし彼はまだその不満を綺麗に隠す術は身につけられていないらしい。

やれやれ、と家令のセバスが溜息を吐く。彼にとって領地に残してきた執事は息子であり、マーカスは孫だ。

今でこそバルド公爵家の使用人となっているが、セバスは元々王家に仕えていた近侍長である。

セバスが息子や孫とともに三世代でバルド公爵家に仕えることとなったのは、リカルドが成人して血脈の途絶えていたバルド公爵の家名と爵位を王から与えられ、臣下に下った際のことだ。

それを望んだのはリカルド本人である。今でこそ堂々とした公爵として名を知られているリカルドだが幼少期はその環境ゆえに警戒心の強い子どもで、数少ない心を許す相手は王妃と異母兄、そしてセバスの三人だけだったからだ。

マーカスはそのセバスの孫であり、年の近い世話役として雇用された。

彼にとって自分の祖父が主の信頼を得ていることは誇りであり、自分自身もまたその信頼を得ようと日々努力を重ねている。その分だけリカルドやバルド公爵家に対する思い入れが強く、自身の気持ちが入りやすいのだろう。

しかしそれでは使用人失格である。

「やれやれその様子ではまだまだお前たちに後を任せることは難しそうだ」

今でこそ副執事という名誉ある職を任されているマーカスだが、セバスの目から見れば未熟だ。

主人であるリカルドに入れ込みすぎて、時々使用人としての分を超えた発言をしてしまう。

今回も尊い身分と血筋を持つ主だからこそ伴侶には申し分ない家の娘を、と望むのだろう。

しかしもちろんその決定権を持つのはリカルド本人であり、上級とはいえ一介の使用人でしかないマーカスに口を出せる権限はない。

「お前、そのような有様で、旦那様からの重要な使いの役目をきちんと果たすことができたのか？

旦那様はお前を信頼して使者の役目をお任せになったのだ、それはよくよく承知しているだろう」

「もちろんです。だからこそ先方からも色よい返事をもらって帰ったではありませんか」

「それならば良いが……」

キリッと背筋を伸ばし、視線を反らさずにこちらを見つめるマーカスの曇りなき瞳には、己の役目をきちんとこなしたという自信が窺《うかが》える。

ちょうどメイドが茶道具を乗せたワゴンを押して、二人がいる書斎前の廊下にやってきたのはその時だ。

すぐにそのワゴンをメイドから引き受けようとしたマーカスをセバスが制す。

「よい。私がお持ちしよう。マーカス、そなたは仕事に戻りなさい」

「……はい。畏《かしこ》まりました。失礼いたします」

恭しく一礼して立ち去る孫の背を見送り、成長した姿に感慨深い想いを抱きながらもメイドから引き継いだワゴンを押して書斎の扉をノックした。

「旦那様。セバスでございます。お茶をお持ちしました」

「入れ」

許しを得て書斎の扉を開けば、部屋の窓を背に書斎机につきながら、何やら書類をしたためているリカルドの姿があった。

見れば孫とさほど変わらない年齢の年若い主人は挙式に呼ぶ招待客の選別を行っていたようだ。

廊下で交わされていたセバスとマーカスの会話などもちろん知るべくもなく、せっかくの美貌だというのに眉間に深い皺《しわ》を刻むように考え込んでいる姿は真剣そのもの。

世間どころか使用人の間ですらこのたびのハワード伯爵令嬢への求婚があまりにも突然だと勘ぐる声もあるが、セバスはこの若き主人が充分に考えた上で申し込んだ縁談であることを知っている。

「お悩みのご様子ですな」

優雅な手際の良い手つきで茶を注いだカップを差し出せば、リカルドは視線も上げずにそのカップを持ち上げて一口茶を含むと、溜息を一つ零した。

「あちらの家の問題もあるからな。挙式にこちらばかり多くの客を呼んで威圧を与えるのも良くない。だが最低限に絞るにしても、その選別がなかなか難しくて頭を悩ませているところだ」

リカルドが素直に悩みを吐露するのは、相手がセバスであるからこそだ。

そんなリカルドにセバスはまた微笑ましげに笑う。

ハワード伯爵家の事情についてはセバスも承知している。借金問題で既に殆どの家と疎遠になっている伯爵家には、盛大な式を開いても参列できる身内は少ないだろう。

しかしバルド公爵家ほどの家格になれば、慎《つつ》ましく式を済ませるというわけにもいかない。

「……彼女に肩身の狭い思いをさせたくはない」

短いが、リカルドの想いが垣間《かいま》見える言葉にセバスは微笑んだ。

世間ではリカルドは冷酷で容赦ない人物だと噂されているようだし、この屋敷の使用人たちの間でも近寄りがたい主人としてある種の畏怖《いふ》を抱かれてはいる。

しかし彼は決して冷酷な人間ではない。

確かに愛想が良い方だとは言えないし、大変に誤解を受けやすいタイプだが、決して理不尽な理由で他者を責めることはしない。

使用人に対しても真面目に働いている者には寛大な主人だ。

使用人の家族が病に苦しんでいると聞けば医者や薬の手配をしてやり、子の学費に悩んでいると聞けば適切なタイミングで特別手当を支給してやることもある。

冷酷だと言われるのも、彼に寄生して甘い汁を吸おうとする輩の多さゆえに否応《いやおう》なく切り捨てる判断が多くなるだけで、相手の言い分に耳を傾ける柔軟さは持ち合わせている。

彼が感情を表に出すことが苦手なのは、幼い頃から王族として感情を抑える術を教え込まれていたのもそうだが、やはり一番大きな影響を与えたのは、世間で噂されているとおり彼の実母だ。

高位貴族令嬢であった彼の母親の側妃は元々、王の従弟に当たる公爵家の跡取り息子の許へ嫁ぐはずだった。しかし彼女が嫁ぐ間際になって婚約者は他の女性と駆け落ちをしてしまった。

一人残された彼女の名誉を守るために、当人も納得の上で王が側妃として迎え入れたが、後に王との間に生まれた子は王と従兄弟であった元婚約者によく似ていたことが、逆鱗《げきりん》に触れたようなのだ。

王が虐待の事実を知り、側妃の元から我が子を保護した時、リカルドは六歳になっていた。

セバスがリカルドの近侍となったのもその頃からだ。

当初は虐待の影響か誰にも心を開かずにいたリカルドだが、彼が他者への気遣いや優しさを忘れずに育つことができたのは、保護以降実母に代わって彼の養育に注力した王妃の功績である。

側妃の子など正妻である王妃からすれば疎んでもおかしくない存在のはずだけれど、まだ幼い子どもが笑いもせず、この世の不幸を集めたような暗い顔をしていることは許せないと、少しずつ時間を掛けて歩み寄り、そしてリカルドが嫌う女性でありながら心を開かせた数少ない存在である。

またそんな母に倣《なら》って兄として接し、同じく慈しんだのは現在の王であるトリスタンだ。

そこにセバスも加わり、リカルドの第二の幼少期はこの三人で形成されたと言っても過言ではない。

警戒心の強さと女性に対する苦手意識を完全に打ち消すことはできなかったが、リカルドが一人の青年として立派に成長することができたのは、紛《まぎ》れもなく彼らの存在あってこそである。

しかし成長すればしたで新たな女難が彼を襲った。

歳を追うごとに際立つようになった恵まれた容姿や身分に懸想《けそう》し、過激で執拗《しつよう》なアプローチに出る女性たちが続出したのである。

その対応には、これで女嫌いにならない方がおかしいと皆が口を揃えて言うほどの、言葉に絶するほどの苦慮を強いられることになった。

そんな女性に良い感情を抱いていないリカルドに変化を与えた人物が何を隠そう、ハワード伯爵令嬢のシャレアなのである。

『少し変わった令嬢に会った』

セバスは二年程前、とある夜会から帰宅したリカルドが呟いた言葉を覚えている。

一体どこが変わったご令嬢なのかとセバスが尋ねたところ、彼は一瞬口ごもってこう答えたのだ。

『とても自然に笑うんだ。……私に無理に名乗りもしなかった』

リカルドを相手にすれば殆どの令嬢が媚びを含むか下心のある、あるいは緊張と恐怖で怯えたぎこちない笑みを浮かべ、マナーを無視しても強引に名乗ろうとする者が多い。

そんな中で、たったそれだけのことですら彼には意外に感じられたのだろう。

それから少し経って、また夜会から戻ってきたリカルドはハンカチをなくしていた。

別段ハンカチ一枚がどうということはない。だが公爵家の紋章が刺繍された私物をリカルドが紛失することは極めて珍しい。万が一他者の手に渡った時、どのように使用されるか判らないため、私物には細心の注意を払っているからだ。

しかしその時のリカルドはセバスにこう告げてきたのだ。

『ハワード伯爵家について、少し調べておいてほしい』

聞けば、ハンカチは会場にいたとある令嬢に渡したのだという。災難があって、泣きそうな顔をしていたから、と。

その事実を知ってセバスはたいそう驚いたものだ。リカルドがそんな気の利いた真似を令嬢に行うなど、初めてのことだったから。

ハワード伯爵家について調べることは非常に簡単だった。

セバスは、ハワード伯爵家が建国以来の由緒正しい家柄であり、デビューしたばかりの年頃の令嬢がいて、その令嬢こそがリカルドがハンカチを贈った相手だと知って密《ひそ》かに喜んだ。

リカルドは王族の血を引く公爵としていずれ必ず妻を迎えて後継を得なくてはならない立場だが、縁談に少しも心惹かれる様子がないことを心配していたからだ。

まだ二人の間に特別な何かがあったわけではないようだけれど、リカルドが特定の令嬢に気を惹かれただけでも僥倖《ぎょうこう》だ。

その相手が由緒正しい家柄の令嬢であればなおのこと良い。

リカルドが密かにご執心の令嬢は、絶世の美女というわけではなく、特別目立つという存在ではないものの、控えめで清楚《せいそ》な印象の愛らしい少女だった。

名門伯爵家の娘として充分な教養もあるようで、社交界での評判も悪くない。

公爵夫人として迎え入れても問題のなさそうな人物のようだ。それならば、何もせずに諦める必要はない。

だが、その令嬢はハワード伯爵家唯一の子であり、跡取り娘である。

さてどのように一人娘を嫁がせる交渉をしようか、とまで考えていたのだ……結局、その交渉案は無駄になってしまったが。

ハワード伯爵夫妻の訃報が世間に広まったのは、それから間もなくのことである。

せっかくリカルドが興味を抱いた令嬢はそれから向こう一年、社交界に現れることはなかった。

当然両親の喪に服している時期に縁談を持ち込むのも不謹慎な話だ。

しかし喪が明けても、ハワード伯爵令嬢は社交界には戻らなかった。

そして伯爵家は見る間に零落してしまったのだ。

だからセバスも半ば諦めていた。

リカルドがあれ以来彼女のことを気にする素振りもなくなっていたから、時の流れとともにすっかり興味を失ってしまったのだろう、と思っていた。

しかし、ハワード伯爵家の借金はもう彼らの努力ではどうすることもできず、彼女はこの先平穏な人生を歩むことはできないだろうと思われたその時にリカルドは動いた。

きっと行動に移すまでには彼なりの葛藤があったはずだ。

突然縁も縁もないリカルドが、社交界で数度会っただけのシャレアに破格の条件で求婚することになったのだ。当然相手は警戒するだろうし、疑いもするに決まっている。

その申し出を侮辱だと受け取る可能性だって捨てきれないし、あるいはこれ幸いと過ぎた要求をしてくることも考えられる。

けれどその申し出をシャレアはあくまでも家を存続させるために、そして家族を守るために過度な要求はせず、受け入れた。そこから考えても聡明《そうめい》な令嬢だと判る。

後はリカルドとの間に温かな家庭と夫婦関係を築いてくれれば、セバスに言うことはない。

「さて、私は奥方様をお迎えする準備をせねば。使用人たちにもよく言い聞かせておく必要がある」

これからこの公爵家に来る奥方は、リカルドの大切な人だから心を込めて尽くせ、と。

願わくば一日も早く可愛らしい子ども達の声と、幸せそうに寄り添い合う夫婦の姿が見たい。

これから先、人生の終わりが見える年齢のセバスが望むのは、不器用だが心優しい主人の幸せな未来だった。

第二章　ぎこちなくも甘い初夜

リカルドとシャレアの婚礼が行われたのは、それから三ヶ月後のことだった。

縁談を受け入れたその半月後には婚約式を上げて、さらにはその二ヶ月半後には婚礼である。

王弟である公爵の挙式としては異例となる短期間の結婚に、世間では急がなくてはならない特別な事情があるのではないかと勘ぐられたけれど、挙式はシャレアが予想していたその倍は華々しいもので、とても短期間で仕上げたとは思えない。

式や招待客への手配はもちろん、嫁入りに必要な道具の全てをリカルドが用意してくれた。

シャレアが実家から持ち込んだのは小さな宝箱だけだ。

その中に収められているのは、どんなに生活が苦しくなってもどうしても手放せなかった両親の細密画を収めたペンダントと、あの日リカルドからもらった絹のハンカチが一枚のみ。

それだけが今の彼女が公爵邸に持ち込んだ私物の全てだった。

「……こんなにしてくださって……本当に良いのかしら……」

いたれりつくせりの状況に却《かえ》って不安になるシャレアに笑顔で肯《うなず》いたのは、今回彼女の嫁入りに伴って共に公爵家へとついてきてくれることになった侍女のアマリアである。

そのアマリアは家が傾いた時にやむを得ず解雇せざるを得なかったけれど、元々はシャレア付の侍女だった娘である。

「公爵様がそのように手配してくださったのです、問題ございません」

答えながらアマリアが着付けてくれたドレスは、純白のウエディングドレスだ。

上等な絹の生地に複雑な花模様のレースを重ねたドレスは、初心《うぶ》で清楚な年若い花嫁の魅力を余すことなく表現している。

レース一つにしても熟練の職人が手編みで仕上げたもので、それが腰から首元までをふんだんに覆い、大きく広がったドレスのスカート部分にも惜しげもなく使用されている。

シャレアの丁寧に編み上げた髪を覆うベールも極細の糸で丁寧に織り上げ、銀糸と白い絹糸を使って根気よく刺繍を施した一品である。

またドレスにもベールにも、所々に細かくカットしたダイヤモンドや真珠《しんじゅ》、ムーンストーンがあしらわれ、光の角度によってキラキラと輝きを放つ。

アクセサリーや髪飾りもドレスに合うようにと対で作られた最高級品で、どちらも元々はシャレアの母が父の元へ嫁ぐ際に身につけたものを、今の流行の形に手を加えてもらったものだ。

これらのドレスやアクセサリーは既に質入れしてしまっていたものだったが、それをリカルドがわざわざ手を尽くして取り戻してくれたのである。

思い入れの深いものであるだけに手放す時には身を切られるような思いがしたけれど、まさかこんな形で手元に戻ってくるとは思わなかった。

リカルドのおかげで借金は全て返済され、約束どおり援助も始まっている。

今傍にいてくれているアマリアだって、既に別の家で働いていた彼女を、リカルドがわざわざその家の主人と話を付けて連れ戻してくれた。

(感謝してもしきれないわ……これは何が何でも彼の望む跡継ぎを産まないと……!)

意気込んでどうにかなる話ではないが、背にのし掛かるプレッシャーを撥《は》ね除《の》け、気力を奮い立たせるように背筋を伸ばした。

全ての準備を整えて向かった教会の大聖堂では、既にリカルドが祭壇の前でシャレアを待っていた。

彼の許までシャレアを連れていくのは、唯一の身内であるパトリックだ。叔父はまだこの結婚に納得していない様子だが、既にどうすることもできないと理解はしているようで、硬い表情のままシャレアの手を引いている。

シャレア自身、何の憂いも心配事もないとは決して言えない。

けれどあのままでは日陰の道を歩むしかなかった自分が、こうして日の当たる場所で母のウエディングドレスに身を包んで誰かの許へ嫁ぐことができるのは、それだけでも恵まれていると思うのだ。

シャレアの手を叔父から受け取ったリカルドは、今日この日においても非常識なほど美しい。

本当にこんな美しい人が、自分の夫になるのだろうかと不思議に思う。

参列者の多くが彼に見惚れている。今のシャレアも人生の中でもっとも美しく着飾ったつもりだけ

れど、そんな花嫁姿も霞《かす》んでしまいかねないくらいだ。

純白の花嫁と同じように、花婿となる彼も純白の衣装に身を包んでいる。

高い襟と袖口には銀糸で複雑な刺繍が施され、首元を飾るクラヴァットにはシャレアの瞳と同じ色の宝石がついたピンが飾られている。

白というと体格によっては膨張して見えそうなものだが、彼のしなやかですっきりとしたスタイルが損なわれることはなく、むしろ鍛えられた長身だからこそ白い衣装がより映えて見える。

唯一難点を上げるならば、この場においてもにこりともしない無表情さだったが……リカルドの鋭さと清廉さを感じさせる怜悧《れいり》な美貌には、却って余計な表情などない方が良いのかもしれない。

どちらにしても花嫁より端正な美貌で周囲を魅了する花婿というのはなかなかに貴重だ。

シャレアが静かに視線を彼へと向けると、同じようにリカルドもこちらを見ていた。

今、彼の目に自分はどんなふうに見えているのだろう。

彼には及ばないにしても、少しくらいは美しいと感じてくれていると良いのだけれど……そんなことを漠然と考えながら、この日シャレアはバルド公爵リカルドの妻として、公爵家の系図にその名を記すことになったのである。


そして、夜がやってきた。

「こちらでよろしゅうございます。私どもはこれで失礼させていただきます、どうぞ良い夜をお過ごしください」

「……ええ……ありがとう。ご苦労様でした」

侍女達の手を借りて念入りに入浴を済ませたが、良い夜とはどのように過ごせば良いのだろう。

緊張でガチガチに強《こわ》ばった顔をしているシャレアに、恭しい仕草でそう告げたのは公爵家の筆頭侍女であるマーサだ。

貴族の結婚において初夜がどれほど重要であるかはシャレアも知っている。

どれほど立派な挙式を上げても、書類にサインをしても、身体の繋がりのない関係は正式な夫婦として認められず、そのまま三年が過ぎれば結婚そのものを無効にできるという法律があるくらいだ。

とんでもない大金と手間を掛けて、子を産ませる為に迎え入れた花嫁に手も着けずに放置することはないと思うが……そもそも彼は自分を抱くことができるのだろうか。

シャレアはこの公爵家にやってきて、より強く彼の女嫌いを実感することになった。

何しろこの家には若い女性の使用人がいない。

通常どこの家でも最低限、来客用に家の看板となる見目の良い若いメイドの一人や二人は雇っているものだ。

バルド公爵家ほどになれば夜会や園遊会などの社交界の場になることもあるだろう。

だというのに、女性使用人の中ではアマリアがもっとも年若い存在であり、他はいずれも母親世代以上の年齢の女性ばかりで若い女性の雇用を避けているのだと感じる。

女性が嫌いだからと彼が故意にひどい扱いをする人だとは思っていないが、接触を最低限に済ませるために、充分な準備もできていない身体を攻められるということはあるかもしれない。

せめてできるだけ苦痛の時間を短く済ませてくれることを願うしかない。

シャレアは一つ深い深呼吸をしてから、夫婦の寝室へと続く扉の前に立った。

たっぷり十数秒は躊躇《ためら》って、やっとの思いで扉をノックする。

が、返事がない。

「……まだ、いらっしゃっていないのかしら？」

リカルドはもう先に寝室に入っているとマーサから教えられていたけれど、違ったのだろうか。

だとするなら、どうしたらいいだろう、と静かに息を吐いた時だ。

「……入りなさい」

油断したその時に返った声に、一瞬にして全身に緊張が走った。

咄嗟に逃げ出したい気分になるが、そんなことが許されるわけもない。

これまでリカルドはきちんと約束を守って、ハワード伯爵家が抱える様々な問題を短期間で解決してくれた。

ただ子を産ませるだけなら、わざわざ正式な結婚という手順を踏まずとも、それこそ愛人として囲うこともできたのに、そうはしなかった。

生まれてくる子を庶子としないためのことだとしても、シャレアが一度は諦めたウエディングドレスも着られるように正妻にしてくれたのだ。

（しっかりしなさい。覚悟はしてきたわ。私もハワード伯爵家の娘、みっともないことはできない）

もう一つ深呼吸をして、それから思い切って扉を開く。

俯いてしまうとまた顔を上げるまでに相当な時間がかかるだろうと判っていたから、懸命に前を向いて室内へと足を踏み入れた……そんなシャレアの目に映ったのは、いくつかの淡いランプの明かりの向こうで、カウチに腰を下ろすリカルドの姿だった。

「……っ」

思わず息を呑《の》んだのは、そこにいる彼がやはり圧倒的に美しかったからだ。

いや、単純な美しさという意味では表現が足りないかもしれない。

美しいというと、どうしても繊細で儚《はかな》げな造形美を連想するが、今ここにいるリカルドはすぐに壊れてしまいそうな美ではなく、何をどうしても壊れることのない圧倒的な美だ。

中途半端な美貌ならば他者から妬みや嫉《そね》みの対象になりそうなものだが、リカルドはそういったレベルを軽く超える。

女性的な美しさではなく、かといって中性的な危うさでもなく……確かに男性のみが持ちうる逞しさと精悍さ、そしてほのかな色気とともに喩《たと》えようのない魅力がある。

そこに存在することが奇跡のように感じられる、目にしただけで引き込まれる圧倒的な存在感というべきだろうか。

ふと、初めて会った夜のことを思い出した。

あの時も思ったけれど、彼を追いかけ回していた女性たちの気持ちがなんとなく判る。

何もしていなくても自然と体温が上がり、頬が熱を持つ感覚。腹の奥がうずうずと疼《うず》いて、じっとしているのが苦痛に感じられるほどの、本能に訴えてくる何か。

まるで物語の中に出てくる、魅了の魔法でも掛けられたような、そんな気分だ。

だがそんな熱も、彼のひどく冷静な青い瞳を向けられると一気に冷える気がする。

感情の揺らぎすら窺えないその瞳を前にして、シャレアは浮ついてしまった自分がひどくふしだらな娘になった気がした。

（何を考えているの……私は買われた花嫁。思い上がって、この方を煩わせてはいけない）

無意識に浅く繰り返していた呼吸を深いものへと変えて、心を落ち着けた。

ここで冷静にならねば辛くなるのは自分だ。

これは取り引きなのだから、必要以上に心を預けてはならない。

依存することも、されることも、どちらにとっても重石《おもし》のように心の負担になることを既にシャレアは知っている。

「こちらへ」

いつまでもシャレアが扉の前で立ち尽くしているからだろう。

そう声を掛けられて、ごくりと密かに喉を鳴らすと、腹に力を込めて彼の許へ歩み寄る。

そして跪いた。

「……このたびは我が家をお救いいただき、誠にありがとうございます」

「……ああ」

心なしか相手の返答に間があった気がしたが、気のせいだろうか。

しかしこれだけは告げねばと、シャレアは言葉を続けた。

「いただいたご恩を忘れず、私にできる限り精一杯尽くさせていただきます。ですが……最初に一つだけ、お願いがございます。私の立場を思えば図々《ずうずう》しいことと承知していますがお聞きいただけますか」

「聞いてから判断しよう。言ってみるといい」

立場も弁《わきま》えず願い事など叱りつけられるかと思ったがそんなことはなかった。

淡々と聞き返す彼の声音に今は少しだけ安堵して、答える。

「どうか、子が生まれたらその子の養育には私も関わらせていただきたいのです。もちろん、リカルド様のご希望を第一に優先いたします。ですが、せめて十歳になるまでは手元で育てたい……母親として我が子に接したいのです」

貴族は高位になればなるほど、子どもは早い時期に母親から引き離され、その養育は乳母や子守、家庭教師が担う場合が多い。

なぜなら、養育に関わることになれば、女は妻であることよりも母であることを優先し、時には夫を拒絶する場合がある、という考えがあるからだ。

結果的に次の子を授かりにくくなる弊害があると言われている。

もちろん全ての夫婦がそうだというわけではない。

だが、貴族家ではとにかく後を継ぐ子を得なくてはならないから、正妻には若いうちに次々と子を産んでもらわなくてはならない。

シャレアだけに限らず嫁いだ女の一番の役目はより多くの後継を残すこと。当人が望もうと望まなかろうと、それは現在のこの国において揺るぎない常識である。

「それはハワード伯爵夫妻があなたをそのように育てたからか？」

「はい。……私に、子を慈しみ育てる機会を、与えていただきたいのです」

懸命に肯けば、僅かな沈黙が落ちた。

やはり駄目だろうか。リカルドの子、それも男の子となれば母の愛より、次期公爵としての教育の方が大切だと言われるかもしれない。

だけど……できることなら両親がそうしてくれたように、シャレアも我が子がせめて親の愛を疑わずに育ってくれるような親子関係を築きたいと願ってしまう。

駄目だと言われたらどうしよう、と萎縮する心を懸命に奮い立たせていると、彼の答えが返った。

それはとても静かな声だった。

「幼い子どもには母親の愛情は必要不可欠なものだ。あなたの要望を退ける理由は、私にはない」

「……あ、ありがとう、ございます……」

母親に虐待されていたという彼の過去が頭をよぎって、一瞬自分の希望が受け入れられたとは信じられなくて呆けてしまったが、すぐに慌てて礼を述べると頭を下げた。

と、跪いたまま頭を下げるシャレアの頭上から影が落ちる。

伏せていた顔を僅かに上げて、目を丸くした。

つい先ほどまでカウチに座っていたはずのリカルドが、今はシャレアの目前へと移動して、同じく姿勢を低くしながらその手を差し出していたからだ。

「あの……」

戸惑いの声を漏らすシャレアにリカルドは言った。

「私が迎え入れたのは妻であって、使用人ではない。あなたは公爵夫人となったのだから、たとえ夫相手でも必要以上に低姿勢になってはいけない」

「はい……」

確かにその通りだ。

妻として夫を敬う必要はあるが、へりくだることは逆にその爵位に対しての侮辱になる。

そんな当たり前のことを指摘されて、羞恥に頬が熱くなった。

すぐに自力で立ち上がろうとしたが、目の前に差し出されたままのリカルドの片手に改めて気付き、恐る恐るその手を取った。ぐいっと軽く引かれるように共に立ち上がる。

結婚式にも思ったことだが、改めて二人並び立つとリカルドはシャレアより頭一つ分ほどは高い。

ただ挙式中と違うのは、就寝前とあってお互いに寝間着姿ということだろうか。

特にシャレアは初夜の花嫁とあって、寝るだけではない目的を含んだ薄い生地のナイトドレス姿だ。

これから先何を行うかを思い出し、再び羞恥と困惑と怯えとで全身が緊張で硬くなる。

それがリカルドにも伝わったのだろうか。

僅かな間考え込むように沈黙した彼は、やがてこう言った。

「……今日は様々なことがあって疲れているだろう。このまま休むと良い」

「えっ……」

「これから先は長い。無理をする必要はない」

確かに疲れている。

通常なら、それを優しさだと受け取るところだ。

シャレアも一瞬、気を遣わせてしまったのかと思った。

だが、淡々とした彼の口調や変わらない表情から、すぐにもう一つの可能性に気付いてしまう。

もしかしたら自分にきちんと覚悟があるのかどうか、試されているのかもしれない、と。

それに彼の言葉が気遣いだったとしても、明日の朝にはこの家の使用人に寝台を改められる。

このまま何事もなく夜を明かせば、初夜の儀式が遂行されていないとすぐに知られてしまい、シャレアは大金を払って買われたというのに、初日からその役目を果たせない花嫁として認識されてしまうことになるのだ。

そう考えると、さあっと血の気が頭から引く思いがした。

直後、そのまま背を向けて、部屋を出て行こうとする彼の背に慌てて取りすがった。

さすがに驚き、リカルドがハッと振り返る。

薄い寝間着越しに直に彼の身体と体温を感じて手が震えたが、その手を離すことはしない。

「つ、疲れてはいません」

訴える声は震え、見上げる瞳は殆ど涙ぐんでいただろう。

彼の寝間着を握り締めるその手がひどく汗ばんでいる。

いくら淡い憧れを抱いていた相手とはいえ、彼のことをあまりにも知らなすぎる。

正直よく知らない相手に身体を許すのは怖いし、事前にある程度の知識を持っていたとしても未知なる行為には怯える。

未婚の娘として命に替えても守らなくてはならない純潔を、そんなよく知らない相手に差し出す行為に躊躇いがないわけがない。

だが、そんなことは貴族令嬢としては当たり前のことだ。

心から打ち解けた相手の許に嫁げる可能性の方が低く、下手をすれば一度も会ったことのない相手の許へ嫁がなくてはならないことだってある。

それに比べれば自分はずっと恵まれている。窮地を救ってもらったお礼に、リカルドには心を込めて尽くすと誓った。

「お心遣いは有り難く思いますが、その、覚悟はしてきました。どのように扱っていただいても構いません、ですから、どうか……」

きちんと初夜の務めを終えるまでは絶対に離さない。

そんな覚悟で縋り続けるシャレアの様子に、リカルドが根負けしたように浅い溜息を吐いたのはどれほどが過ぎてからだろう。

「……判った」

短く告げる声はやっぱり殆ど感情が窺えなくて、シャレアは相手の気を損ねたのか、それとも何とも思っていないのか、その区別さえつかない。

けれど恐る恐る涙目のまま顔を上げれば、びっくりするほど近くに彼の顔があって……

(青い……)

淡いランプがいくつか灯《とも》されているだけの薄暗い部屋の中でも、その瞳の色がはっきりと判る。

まるで二年前の、あの時のように。

でも二年前と違ったのはその後だ。あの時はそっと身を離したけれど、今は……

「んっ……!」

後頭部に片手を添えられて、そのままぐっとのけぞるような姿勢で上向かされた。

もはやお互いの瞳の色を識別することさえ難しい距離に近づいたと思ったら、浅い呼吸を繰り返すシャレアの唇に覆《おお》い被《かぶ》さるものがある。

口付けをされたのだ、と理解したのはそのまま少しの間触れ合って、離れた後のことだ。

リカルドとの初めての口付けは、祭壇の前で既に済ませている。その時も心臓が口から飛び出そうなほど緊張したが、触れるだけだった誓いの口づけとは違って今回は生温かく、柔らかく、それでいて経験したことのないどこか官能的な触れ合いだった。

知らないうちに息を詰めていたのか、解放されたとたんに荒く肩を上下させるシャレアの呼吸が少し落ち着いた頃を見計らって、間近でリカルドがその口を開く。

薄く、形の良い彼の唇の合間から覗《のぞ》いた白い歯に、

(噛《か》まれる……⁉)

思わず肩を竦めるけれど、そうではなかった。

そのままリカルドはシャレアの小さな口を全て覆い尽くすように再び唇を重ね、そして僅かに開いていた彼女の唇の合間から己の舌を差し込んできたのだ。

「んんっ⁉」

生温かな何かが這《は》うように押し入る感覚に、反射的に身を引こうとしたけれど、できなかった。

先ほどから後頭部をしっかり抱え込まれていたが、もう片方の手に腰を抱かれて少しの隙間もないほどに、立ったまま身体を重ね合わせている。

どうにか両腕を突っ張り、互いの胸の間に隙間を広げようとするけれど、それもできなかった。

忍び入った彼の舌に、自身の舌の根元を擦り上げるように強く重ねて舐《な》められると、どういうわけ

か両腕がガクガクと震えて力が抜けてしまうのだ。

「ん、む……んんっ……！」

息が、できなくて苦しい。

舌を根元から抜かれそうなほど吸われて、顎が痺《しび》れる。

汗ばんだ肌が薄い生地越しに触れているところから擦られて、ざわざわと経験したことのないような妖しい刺激に身体の芯が震えてしまった。

「は、はあ……ん、はっ……」

リカルドは、シャレアの息が続かなくなる寸前で何度か唇を解放してくれたけれど、執拗な口付けを止めるつもりはなさそうだ。

「息を止めるな。鼻で呼吸するんだ」

囁く声に、頭が痺れるような感覚がした。

気がつけば窒息のせいか、突っぱねようとしていたシャレアの両手は彼の腕に縋り付いて、両足からも力が抜け、自分の力では立つことも難しくなっている。

これ以上は無理だと、がくっと両足から崩れ落ちた。

その膝が床の絨毯《じゅうたん》につく前にシャレアの身体はリカルドの腕に抱え上げられる。

「えっ、あっ……⁉」

そのまま彼女の身体は大きな寝台へと運ばれた。

投げ落とされてもおかしくないと思っていたが、思いの他優しく降ろされて所在なげに身を竦《すく》める彼女の唇を再び奪うように重ね合わせると、リカルドは一瞬だけ躊躇うような間を置いた後で、無防備な彼女の胸元のリボンを解き、開いた隙間からその手をそっと忍ばせる。

「は……あっ……」

彼の大きな手が、直に肌に触れる感覚にシャレアは細かく身を震わせた。

触れたその手の肌は思うより固く、そして温かく感じて、少しざらついている。

その手で、じんわりと湿り始めた肌を撫《な》でられると、それだけで肌が粟立《あわだ》つような刺激に身もだえしたくなるのに、そのまま胸の片方を掬《すく》い上げるように包み込まれるとどうしていいか判らない。

初めは互いの肌を馴染《なじ》ませるように動いていた彼の手が、次第に乳房を揉《も》み拉《しだ》く動きに変わる。

その間も彼は幾度も角度を変えては唇を重ね、舌を擦り合わせてくる。

呑《の》み込《こ》みきれない唾液が口の端を伝って頬を汚せばその跡を舐め取られて、初心なシャレアの思考を飽和させた。

（こんなの……どうしたら……）

リカルドは、そのまま口付けをシャレアの頬から耳朶《じだ》、首筋へと移動させ、次第に胸元へと降りていく。

彼の唇と舌で肌に愛撫《あいぶ》を受けるたび、不慣れな感覚にシャレアの肌はざわつき、まるで直接神経に触れられたような奇妙な感覚に小さく身体が身もだえするのを止められない。

気がつくと胸元は大きくはだけられ、丸い二つの乳房がリカルドの眼前に晒《さら》されている。

しかもその片方は彼の手に収まり、好きに形を変えられているのだ。

日に焼けることを知らない白い肌に、節張った男性の大きな手が食い込んでいる……視覚的にもひどく淫らな光景なのに、胸の柔肉を揉《も》み込まれ肌を擦り合わされる感覚にうなじの産毛が逆立つような奇妙な感覚がした。

「あっ、や……！」

羞恥に咄嗟に胸を隠そうとしたけれど、それよりも早くに胸の先をぎゅっと摘まれて背筋がのけぞってしまった。

普段、入浴や着替えなどで触れることがあっても特別意識するようなことはなかったのに、リカルドに触れられるとたんに、ビリビリとしたむず痒《がゆ》くも無視できない刺激となってシャレアの身を仰け反らせる。

しかもそこは指先でぐりぐりと捏《こ》ねられたり扱《しご》かれたりするうちに、どんどん膨らんでいやらしく尖《とが》ってくるのだ。

「や……こんな……」

自分の身体の変化が恥ずかしい。それなのにそこをまた触れられると胸の先から腹の奥へとじわっと疼きのような感覚が広がって奥歯を噛みしめてしまう。

しかしそれで与えられる感覚に耐えられるわけもなく、その上リカルドがさらに頭を下げて胸の膨らみに顔を寄せたのだからぎょっとした。

「ば、バルド公爵様……！」

むき出しの乳房が彼の眼前にある。

そこから青い瞳を向けられると、ただでさえ破裂しそうなほどに暴れ狂った鼓動がさらに激しくなり、そのまま口から飛び出てきそうなほどの速度で脈打ち始めた。

「あうっ……！」

しかもシャレアの呼びかけを咎《とが》めるように、弄《いじ》られていた胸の先を強めに摘まみ上げられたのだから堪らない。

不思議と痛くはない。けれど膨らんで尖り、真っ赤に充血した乳首が彼の指に挟まれていると思うだけで羞恥に身が焼き切れそうになる。

やや荒っぽいその仕草に、何か気に障ることをしてしまったのかと思ったが、どうやらそれは思い違いではなかったようだ。

「リカルド」

「えっ……」

「私の名を知らぬわけではないだろう。あなたは自分の夫を家名と爵位で呼ぶつもりか？」

低く訴えられて、あっと気付いた。言われてみれば確かにそうだ。

契約結婚とはいえ夫婦になったのだから『バルド公爵様』は確かにおかしい。

シャレアの母だって、父のことは名で呼んでいた。

だが……母のように、その名を呼び捨てることは今のシャレアにはまだできそうにない。

「……リ、リカルド様……」

だからせめてもと名を敬称付で呼んだが、彼はほんの少し不満そうに……そう、こんな状況になっても殆ど動かさなかった表情を、不満そうだと判るくらいには変化させたのだ。

思わずその表情の変化に目を奪われた。

彼の事を綺麗だと思っていたけれど、どこか人間離れした雰囲気に畏れもいだいていたのだが、そこにほんの少し表情が混じるだけでなんというか……心のない人形が人間に生まれ変わったような、そんな強い印象を与えてくる。

思わず状況も忘れて魅入ってしまうくらいに。

あまりに見つめすぎたせいか、そんなシャレアの食い入るような眼差しから逃れるようにリカルドはすぐに表情を消してしまった。しかしそれを惜しいと思う暇はない。

なぜなら彼は再び乳房への口付けを開始し、若い娘の柔らかな膨らみの感触を堪能しつつ、まだ片側は触れられていないのにピンと尖った無防備な胸の先へと吸い付いてきたから。

「あ、あああっ⁉」

熱い舌に舐め取られて、甘く強い疼きのような刺激の波に背を浮かせた。

吸われているのは胸なのに、疼きはやはり腹の奥へと移動して、そこから全身へと広がっていく。

思わず逃れようと身を捩《よじ》っても、彼の両手がシャレアの脇腹や腰を掴んでいてそれができない。できることは身体を左右にくねらせるように揺らすことだけ。

身体中《からだじゅう》の産毛が逆立つような、肌の下を何かが這《は》い回《まわ》るような慣れない懊悩《おうのう》の波が快感であると理解するのにそう長い時間は必要としなかった。

そう、シャレアは快感を覚えている。

リカルドの手に、唇に、そして舌に触れられて肌を愛撫されることが心地良いと感じているのだ。

「んっ……あ、あぁ………」

懸命に声を殺そうとしても、どうしても鼻から抜けるようなか細い声が漏れてしまう。

リカルドが熱心に舐めしゃぶり、同時にもう片方の胸を揉みながら刺激を与えるその愛撫は、ひっきりなしに甘い刺激をシャレアに与えて全身をわななかせる。

「ん、ふ……んんっ……」

ひくり、と自分のあらぬ場所がひくついて、蠢《うごめ》くような感覚がした。

それが両足の奥の秘められた場所から発生していると理解して引け腰になるけれど、リカルドは胸や乳首への口付けと、肌への愛撫を止めようとしない。

それどころか不思議なほど熱心に、まるで夢中にさえなっているような仕草で片方の胸からもう片方の胸へと口付ける場所を変えながら、甘噛みをし、吸い付いて鬱血の跡を残したりしている。

今やシャレアの両胸はこれまで見たことがないくらいに張り詰め、その先は深く色を変えて真っ赤に充血しながら、彼の唾液で淫らに濡れ光りその存在を主張していた。

「あ、あぁ……」

気が遠くなりそうなほどに恥ずかしいのに、両足の奥が疼いて仕方ない。

無意識に腰が揺れる。空気に触れて冷たく肌が冷える感覚に、そこが既に濡れていることを嫌でも自覚しないわけにはいかない。

女性の身体が男性を受け入れる準備を始めると、そこが濡れるということは知っていた。

けれど実際に体験すると、まるで自分がいつでも男性を受け入れる淫らな女になったような罪悪感に襲われる。

なんとか溢《あふ》れるものを止めたいと思うのに、思いとは裏腹にそこは切ないほどひたすらに何かを咀嚼《そしゃく》するように蠢き続け、シャレアの女の花園を蜜でしとどに濡らし続けるのだ。

（気持ち良い……リカルド様に触れられるのが、こんなに気持ちいいなんて……私は、こんなにはしたない女だったの……？）

シャレアだって年頃の娘だ。

男性に抱かれるのはどんな感じだろうと考えたことはある。

けれどそれはあくまでも曖昧なイメージであって、こんなにじっとしていられないほどに全身が敏感になって身をのたうたせるような生々しいものだとは考えてもいなかった。

何かに追い立てられるような焦りに似た気持ちと、なのにもっと続けてほしいと思う浅ましい気持ちの板挟みになって、首を左右に打ち振るう。

嫌、という言葉が喉の奥まで出てきた。

触れられることが嫌なのではなく、自分が自分の知らない女に変えられるような感覚が怖かった。

「……っく、ふ……」

けれどその言葉は寸前で封じた。自分の立場で、どんな理由であれ『嫌』と拒絶する発言をすることは許されないことだと思ったからだ。

（いっそ、ひどくしてほしい……こんな気持ち良さじゃなくて痛みだったら、まだ耐えられたかもしれないのに……）

それとも初めては痛いと聞くから、痛みを与えられるのはこれからなのだろうか。

そんなことを考えるシャレアの乳房を存分に堪能したリカルドが、その手を腹から下腹へとなぞるように滑らせたのはシャレアの初心な身体を散々になかなかせた後のことだ。

肌を滑る彼の手の感触や温もりさえ、熱い吐息を吐かせるほどに心地よかった。

あられもない姿を晒している羞恥心は今も忘れていないのに、次はどこへどんなふうに触れてくれるのだろうと思う期待が胸の内を満たし始めている事実がシャレアの鼓動をさらに早める。

そんな彼女の期待に応えるようにリカルドの手が、彼女の下腹よりさらに下……先ほどからひっきりなしに疼いて仕方ない秘められた場所へと移動するのは、間もなくのことだ。

「あっ……」

彼の手が両足の間へと触れようとする、その手を思わず両手で掴み引き留めてしまった。

既に身に纏っていたはずのナイトドレスは用をなさず、前身頃の全てを開かれてしまい、今はシャレアの背の下敷きになるばかりだ。

殆ど生まれたままの姿を晒しているけれど、そこを見られるのはやはり強い羞恥を覚え、彼の手を押さえたまま強く膝を合わせてしまう。

シャレアの小さな両手に片手を包み込まれ、リカルドは己の手と、そしてシャレアの顔を見下ろして、静かに……けれどどこか熱っぽい掠《かす》れた声で問いかけた。

「……嫌か？」

問い自体は短い、たった一言なのに、どうしてかその問いも言葉もシャレアの肌を真っ赤に染め、熱を持たせる。

青い瞳にただ見つめられただけなのに、またしても己の深い場所がずくりと疼くようで、身の置き所がない。

（嫌、と答えたらどうなるの……？　止めてしまうの……？）

そう考えて、それこそ嫌だと思った瞬間、シャレアは気付いてしまった。

自分はこの行為を嫌がっていない。

建前でもなんでもなく、本心からその続きを望んでいることを。

（なんて浅ましい……私は、快楽を得るために抱かれるわけじゃないでしょう？　約束を果たすため……子を授かるために抱かれるのよ、それなのに……勘違いしてしまいそうになる……）

この行為が初めてのシャレアでも、リカルドができるだけ優しく丁寧に自分を扱おうとしてくれていることが判る。

女性嫌いが高じて短時間で終わらせるために、もっと雑で乱暴な扱いを受けるかと思っていたのに、むしろその逆だ。

彼の愛撫はぎこちなくもあるけれどそれ以上に丁寧で、執拗で、優しい。

今だってこちらの意志などお構いなしに組み伏せて身体を開かせてしまえば良いのに、どうにか快楽を与えようとするかのようにシャレアの反応を見てその返答を待ってくれている。

これではまるで自分が大切にされているようではないか。

……そこまで考えて、頭の中にとある言葉が蘇《よみがえ》った。

それはリカルドの命を受け、ハワード伯爵家へ縁談を持ち込んだ、この家の副執事の言葉だ。

『決して愛されたいなどとつまらぬ欲を抱いてはなりません』

副執事の言葉は、そのままリカルドの言葉でもある。

彼は最初からシャレアが分を超えた期待を抱くことを見透かして、釘《くぎ》を刺していたのかもしれない。

そう思うと肌を晒すのとは違う羞恥に襲われた。

（いけない……私ったら、余計な期待をして……弁えないと……）

ぐっと揺れそうになる己の心を押さえ込んでシャレアは小さく首を横に振ると、僅かに震えながら彼の手を押さえる自分の両手を離した。

「い、いいえ……だ、大丈夫です……」

少しだけ頭が冷えたことで自分の身体で彼がその気になれるのか、そのことが改めて気になった。

何しろ家が傾き始め、節約にいそしみ生活費を削りに削ってきた毎日だ。

リカルドが援助してくれるようになって、この三ヶ月で少しはマシになったと思うが、元々華奢で痩せた身体は、男性にとっては抱き心地の良いものではないかもしれない。

「無理はしていないな？」

重ねて確認をする彼の言葉に、胸の奥が不思議な感覚で疼いた。

子を産ませる為に買った花嫁でも、その身を気遣ってくれるくらいには優しい人なのだろう。

期待しては駄目、と己に幾度も心の中で言い聞かせながら、シャレアは肯く。

「は、はい……その……ここで、止めてしまう方が……きっと、恥ずかしいので……」

それは偽らざる本心である。今でさえ勇気を振り絞って身を預けているのに、ここで中断されてしまったら、次に勇気を出すのはもっと大変になりそうだ。

「……そうか。……そうかもしれないな」

そんな気持ちで告げれば、リカルドは納得したように頷《うなず》き、そして。

かすかに、笑った。

（えっ……今、笑っ……？）

思わず目を見開いたその時、強く合わせていた膝に手を掛けられて、一息に左右に開かれる。

「あっ……」

先ほど目にした奇跡のような一瞬から、今の自分の姿に意識が逸《そ》れてしまう。

当然ながらナイトドレスの中は、下着というものを一切身につけておらずシャレアの大切な部分を隠すものは何もない。もちろん、そこに触れる手を阻む存在も、だ。

「んっ……！」

ぬる、と濡れた秘裂に指を這わされて、瞬間的に目を閉じる。

しかし目を閉じて視界を遮ることによって、そこに触れる彼の指の存在をより強く感じてしまう。

既におびただしい蜜を含んだその場所を、上下に撫でさすられるだけでじんわりとした快感に腰が震えた。

肌に触れられた時には僅かに硬さが感じられたリカルドの手指の肌が、今はたっぷりとした粘液に塗れてシャレアの繊細な場所を愛撫する。

陰唇も小さな入り口も、そして上部で少しだけ膨らみ始めた肉の芽も、傷つけないようにゆっくりとなぞられると腰が甘い痺れにわななくように震えて、熱く広がる愉悦に呼吸を乱れさせた。

「ん……、ふっ……んん……っ……」

はしたなく広げられた両足を閉じたくても、その間にリカルドの身体が割り込んでしまってはどうしようもない。

戸惑う心とは裏腹に、恥ずかしくて、気持ち良くて、全身が熱くて、今シャレアの肌は薄赤くその全身を染めているだろう。

丁寧になぞられるうち、先ほどよりも膨らみ始めた肉芽が彼の指に引っかかる。

敏感な場所をつるりと擦られた途端、くぐもった細やかな声とともに、ビクッとシャレアの細腰は跳ね上がってしまった。

「ここが良いのか？」

「あっ、あぁ……っ」

羞恥が勝って、はいともいいえとも答えられなかったけれど、細かく震える腰や、蜜口から新たな愛液を噴きこぼす様から容易く想像はつくのだろう。

ゆるゆるとその場所を集中的になぞり出す彼の指に、シャレアは己の口を両手で押さえながらもくぐもった喘《あえ》ぎを漏らした。

だがリカルドの愛撫はそこだけに留《とど》まらない。

肉芽を可愛がりながら、ヒクヒクとわななく蜜口へと長い指が一本、入り口を割り開くように侵入してくる。

「あっ……！」

内から裏側を、外から敏感な陰核を直接撫でられて、経験したことのない奇妙な感覚に声を引きつらせた。

「あ、ああ、あっ……！」

「痛むか？」

一つ一つ確認をするリカルドに首を横に振る。

するとすかさずもう一本の指が内側へと差し入れられる。

中を広げられるような圧迫感はあれど痛みはない。

それよりも、内と外の両側から加えられる愛撫による刺激の方が強くて、シャレアは悩ましい声を懸命に噛《か》み殺《ころ》しながら、ビクビクと腰を震わせ続けた。

だがどんなに我慢しても吹きこぼれる愛液で彼の手はびしょ濡れだし、内壁は内側の指をぎこちなく締め付けながら痙攣《けいれん》するような蠕動《ぜんどう》を繰り返している。

「ふ、ふっ……んんっ……ぁっ……！」

そのうちに肉の芽に触れる指は根元の左右から扱《しご》くように擦り始め、中に潜り込んだ指はじゅぷじゅぷと耳を覆いたくなるような粘着質な音を響かせながら抜き差しが始まった。

まだ良いも悪いも判らない初心な身体は、内側から大きな快感を拾えるほどには熟れていない。

しかし神経の固まりのような敏感な肉の芽を同時に弄られると、どんどん灼《や》ける熱い感覚が膨らんでより激しく腰をわななかせ始める。

そのうちに内側に潜り込んだ指がとある場所を擦り上げた時、シャレアの口から悲鳴のような声が漏れた。

「やぁっ……！　待って、待って……！　待ってくださ………っ！」

悶《もだ》えるようにリカルドの手を掴み引き剥《ひは》がそうとしたけれど、もう彼はその手を止めてはくれなかった。

代わりにガクガクと震えるシャレアの身を押さえ込むようにのし掛かって、より深く両足を開かせながらその胸元に顔を埋め、膨らんだ胸の先端に再び吸い付いてくる。

尖りきった乳首と、膣道と、陰核を同時に刺激されると、初心な身体はひとたまりもなかった。

「あっ………！」

声こそ控えめなものだったが、膨れ上がった熱は容赦なく弾けてシャレアを高みへ押し上げた。

リカルドの指を強烈に締め上げながら、華奢な腰が幾度も大きく跳ね上がり、呼吸が止まる。

限界まで弓なりに反った身体が強ばったままワナワナと震えた。

しばらくして全身から力が抜け、どっと寝台に身を投げ出しても、腰は小刻みに震え続け、中の指に舐めしゃぶるように吸い付く蠕動はなかなか収まらない。

「はー……はぁ、はぁ……」

ようやく呼吸が戻っても息はなかなか整わず、力なく横たわるシャレアの胸が大きく上下する。

全身が怠《だる》い。もうこれだけで腕一本動かすのも辛い。

夫婦の交わりとはこれほど疲労するものなのか、とぼんやりと実感したシャレアだったが、しかし彼女はまだ全てが終わったわけではないことに気付いていなかった。

遅れて気付いたのは、自分の投げ出した両足を抱えるように持ち上げられ、そして無防備に晒された秘部に熱く硬いものが浅く食い込んできた時だ。

「えっ……」

目を向ければ、自分の両足の間でリカルドが己のシャツや下肢の寝間着を緩めている。

これまで頑《かたく》なに肌を見せようとしなかった彼の、はだけられた寝間着から垣間見えたのは、自分のものとはまるで違う男性の肉体だ。

ハッとして身を起こそうとするが、それよりもリカルドの方が早かった。

「……本当に良いんだな？」

最後の確認だと言わんばかりに問われ、シャレアがぎこちなく肯きながら再び背を寝台に落ち着けると、途端に広げられた両足の奥にかかる圧が増した。

できるだけ身体の力を抜いて受け入れようと思っても、なかなか上手くいかない。

狭い場所を広げるように割り入ってくる圧倒的な存在を前に、シャレアは身もだえるようにか細い声を漏らすばかりだ。

「あ、ああっ……！　あっ、あぁ…………！」

直前に頂点へと押し上げられていても、不慣れな乙女の身体はそう簡単には侵入を許さないらしい。

固く閉ざされた乙女の門をこじ開けるように、ゆっくり、けれど容赦なく侵入してくる雄によって、快楽に綻《ほころ》んでいた身体が瞬く間に強ばり、痛みで肌を濡らす汗が一気に冷えた。

「いっ……痛っ……！」

喩えるなら塞がりかけた傷口を強引に開かれるような痛みだった。

じんわりと広がる痛みと、身体の中心を貫くような突き抜ける二種類の痛みに耐えるシャレアだが、その身体の硬直から彼女が苦痛を感じていることは伝わるのだろう。

リカルドが角度を変え、できるだけ負担が少なく繋がれる場所を探すような仕草で腰の位置を動かすけれど、より浅い場所を抉《えぐ》られるような痛みに、ボロボロとシャレアの目から生理的な涙がこぼれ落ちた。

大きく広げられた太腿《ふともも》も小刻みに震えている。

知らぬうち息を止めていたシャレアの唇に、彼の片手の指先が触れた。

「息を……」

「……っ……」

「息をしろ。ゆっくりで良いから、呼吸をして……その方が、恐らく少しは楽になる」

いつもは意識することなくできる呼吸が今はひどく難しい。

はっ、はっ、と満足に空気を吸うことも吐くこともできずに乱れた呼吸を繰り返すうち、酸欠のせいか頭の芯がぼうっとしてきた。

リカルドが腰の侵入を一度止めたのはその時だ。

「シャレア。息を吸って」

まだ触れたままの彼の指先がシャレアの唇の表面を撫でる。

その指と声に促されるようにぎこちなく息を吸うと、次に、

「ゆっくり吐いて……そうだ」

今度は吐くように促されて、細く長く息を吐いた。

貫かれる腰の動きが止まったこともあり、徐々にシャレアはたどたどしいながらも本来の呼吸を取り戻す事ができたけれど、すると今度は大きく両足を広げたまま中途半端に男性を受け入れようとしている自分の姿に目が向いてしまう。

肌という肌を露《あら》わにしたまま、もっとも秘めなくてはならない場所までむき出しにして、強烈な羞恥にめまいを起こしそうだ。

そんな泣きそうになった彼女の表情から何かを察したのだろうか。

リカルドの両腕が彼女の背を掬い上げるように、その胸に抱きしめてきた。

「えっ……」

シャレアの背を片腕で抱えたまま、もう片方の手でシーツを握り締める彼女の手を開かせて、自分の肩へ回すようにと促してくる。

「……縋るなら、シーツではなく私に」

戸惑いながら視線を上げると、自分を見下ろすリカルドの青い瞳と視線が絡まった。

と同時に、彼を含みかけている腹の奥が疼き、ぎゅっとその先端を締め付ける。

「…………」

声もなくリカルドの眉が顰《ひそ》められる。しかしその目元がほんのりと赤い……いつもは冷静で揺らぐことのない彼の瞳に、その色とは対照的な熱を感じたのはシャレアの気のせいだろうか？

「あっ……」

戸惑う彼女の思考を遮るように、再びシャレアを寝台に押し倒したリカルドが、すぐ間近まで上体を接近させながら、彼女の両胸を揉み、その先端を扱き始める。

そうしながら再び唇を塞がれた、どこか労《いたわ》るように。

「ん、んっ、んぅ……っ」

濃厚な口付けと、胸に与えられる快感に身もだえしながら彼の首裏へと両腕を回し縋り付けば、胸が潰れるほど強く抱きしめられて背中が浮き上がる。

直に伝わる体温が熱くて、互いの肌を湿らせる汗で滑るのに、その温もりも感覚もなぜだかひどく優しく感じられて、先ほどの痛みで零したものとは違う意味で涙が出そうになった。

「リカ、リカルド、様……」

リカルドはやはり多くを語らない。だが宥めるように背を撫でられて、今度は頬へと口付けられる。

素直に優しい、と感じるその触れ合いにシャレアはどうしてと困惑しながら、けれど今はその優しさから逃れようとは思えない。

「う、んっ……！」

再び挿入の圧が深まる。

リカルドの手がシャレアの腰へと移動して、位置を調整しながら押さえつけてくる。

再び引き裂かれる痛みが蘇って、ボロボロと涙が零れるけれど、もうシャレアは痛みを訴える声は上げなかった。

その代わりに、彼の首に回した両腕に力を込めて縋り付く。

「……は……」

少し強引にするとすぐに折れてしまいそうなほど華奢なシャレアの身体が、リカルドによってようやく深いところまで拓《ひら》かれた時、耳元で彼の熱い吐息と共に感じ入るような声が聞こえた。

その声に、強ばっていた腹の奥がまたきゅんとうごめき始めたのはなぜだろう。

「うっ……あ、はぁん……っ……」

身体は辛い。狭いところをめいっぱい広げる圧迫感と違和感、そして身を揺すられるだけで相変わらず傷口を擦り上げられるようなひどい痛みが走って涙が止まらない。

けれどその腕に抱きしめられ、身体の至るところを労るように撫でられると、どうしてかそれらの苦痛に耐えられる気がしてくる。

「リカルド、様……お願、い、もっと、触って……」

乞うと、彼はやっぱり赤く染まった目元を柔らかく細め、幾度もシャレアの肌を撫で、口付けた。

シャレアは触れ合う肌から、そして感じる痛みの中から、僅かに感じられる快感を拾おうと懸命にその感覚を追いかける。

そうすると少しずつ内側が彼の形に馴染んで、柔らかくなってきたのが判ったのだろう。

あるいは彼自身ももうじっとしていられなくなったのかもしれない。

ゆるゆるとリカルドがその腰を動かす。あくまでも小刻みにゆっくりと。

相変わらず痛みはあるけれど、抱きしめられ、肌と肌を合わせながら揺さぶられるうちに少しずつ痛みが薄れ、内側でも快感を拾うようになってきた。

それは本当に「もしかしたら気持ち良いかも……？」と思うくらいのささやかなものではあったけれど、痛みの強さに苦しんでいた時に比べれば大きな変化だ。

「あっ……ふ、あぁ……ん、ぁ……」

か細く漏れるシャレアの声に僅かな甘さが宿る。それと同じ頃、彼女の中がもっと柔らかくなって、リカルド自身に吸い付くような動きに変わっていく。

……どうやら、ただ必要な場所だけを重ね合わせるより、隙間なく抱きしめられる方が彼女の好みだとリカルドは理解したらしい。

抱きしめていた彼の両腕がさらに深くシャレアの身を抱え込み、先ほどよりも強めに揺さぶられると、シャレアの口から高い声が上がった。

「あぁぁっ！」

両足が彼の腕に引っかかるように持ち上げられ、腰が軽く浮き上がる。

その細腰を穿《うが》たれながら、正面から身もだえる彼女の動きを封じるように抱え込んだままリカルドは何度もシャレアの中に出入りを繰り返した。

脇目も振らず、没頭するように。

「……っく……」

ぴたりと抱き合った彼の吐息が頬に触れる。

まだまだ不慣れな身体は深い交わりが痛くて、苦しい。

こんなに近くで抱き合っていても、まだ彼のことはよく知らない。

それなのにどうして自分はこの行為を嫌だと思わないのだろう？

彼を咥《くわ》え込んだところが疼き、わなないて止まらない。

無意識にリカルドの背に回した手が爪を立てた。

赤いミミズ腫れのようなひっかき傷を残しながら、次第に我を忘れるように喘ぎ続けるシャレアは、いつしか痛みよりも不思議な快感の方に夢中になっていく。

「あっ、あ、ああ、あっ！」

圧迫され、内臓が押し上げられるようで少し苦しい、でもそれ以上に気持ち良い。

相反する感覚に身を犯され、繋がり合う場所から吹きこぼれる互いの体液が混じり、空気を含んで白く泡立つ。

男の太い肉杭を受け入れたシャレアの中は、もうこれ以上は無理というほどに拓かれ、呑み込み、そして波打つ膣壁の中で目覚め始めた良い場所を強く擦り上げられて、シャレアからより高い声を上げさせた。

　ぎゅうっと全身の力を込めたかのように強く締め付ける腹の中に、リカルドが自身の迸《ほとばし》りを吐き出したのはその直後だ。

　どく、どくっと己の中で脈打ちながら命の源をもっとも深い場所に叩《たた》き付《つ》けられて、シャレアもまた頂点へ駆け上がると、腰を跳ね上げる。

　チカチカと視界が明滅する。

　リカルドの欲望の残滓《ざんし》全てを搾り取るように強く締め上げながら、達したシャレアはたった一晩、たった一度の経験で自分という人間が身体の内側から変えられるような感覚が怖くて、リカルドの肩に縋りついた。

　そんなシャレアをリカルドもまた抱き返す。

　優しく、そして強い抱擁は、とても女性を遠ざけてきた人のものとは思えない。

　ましてや子を産ませるためだけに抱く女に与えるものとも違う。それなのに……

（どうして……この方は、私をこんなふうに抱いたの……？）

　しかしその疑問に今は答えを見つけることはできなかった。

　朝から続く慌ただしさと、慣れない情交ですっかり体力を使い切ったシャレアは、まだリカルドを己の内に受け入れたまま力尽きたようにその意識を沈めてしまったから。

その直前、彼の名を呼んだ。

「……リカルド、様……」

特別意味があったわけではない。

ただ、自然とその名が口をついて出てきただけだ……そのはずだ。

けれど瞼《まぶた》が落ちる直前、シャレアに名を呼ばれたその人は再び笑った……ような、気がした。


目の前で力尽きたように意識を落としたシャレアの姿に内心慌てたのは、他の誰でもないリカルド本人だった。

もしや夢中になりすぎて命に関わるような無茶な抱き方をしてしまったのかと焦ったが、顔の前に手をかざせば呼吸はしっかりしているし、胸も上下していて寝息も穏やかだ。

その胸の下からも、少し早めだが確かな鼓動が聞こえて、どうやら彼女が眠っているだけだと知りホッと息を吐いた。

「だが……やり過ぎたのは、確かだろうな……」

動揺が落ち着いて少し冷静さが戻ってくれば、リカルドの目にも今の状況が正しく映るようになる。

貴族令嬢は総じて体系を気にする者が多く、華奢で細い身体を理想とする娘が多いと訊くが、それにしてもシャレアの身体は細すぎる。

初めて会った時も華奢な令嬢だと思ったが、その時よりもさらに細い、まるで病的なほどに。

それはシャレア自身自覚していたようで結婚が決まってから食の改善に励んだおかげで少しずつ改善したようだが、それでもまだまだ不安になるくらい細い。

この身体では体力の底も浅いだろう。リカルドでも朝から続く挙式に関連する数々の行事や催し物に疲労を覚えるくらいなのだから、シャレアの身体では相当に辛かったはずだ。

最初に休め、と言ったのは、格好を付けてやせ我慢をしていたのもあるが、純粋に彼女の身を案じたためでもある。

しかしシャレアから初夜の履行を縋るように求められて退けることができなかった。平たく言えば、自分の欲に負けた。これまで一度も自ら女性に触れたいと思ったことはなかったのに、シャレアを相手にするとどうもこれまでとは違った自分が顔を出すようだ。

それでも言い訳をするなら手短に済ませるつもりだったのだ。

早く解放して寝かせてやりたかったから……だというのに。

「何をしているのだ、私は……」

思わず自分でそう呟き項垂れたくなるほど、我を忘れて彼女に夢中になった自覚がある。

あばらが浮きそうなほど肉の薄い身体なのに、胸の膨らみはリカルドの手にちょうど良く、肌は滑らかで彼女の全身から甘く理性を狂わせるような良い匂いがした。

本能のままに身を繋げた内側は信じられないほど温かく柔らかく、それでいて柔軟性に富んでいて……そこまで考えて己の煩悩の記憶を振り払うように頭を振る。

今彼女の身には胸元や首筋だけでなく、薄い腹にも鬱血の跡が幾つも散っている。

もちろん、全てリカルド自身が彼女に刻んだものだ。

その上、今もまだ彼女の中に収められた己自身は興奮して膨らんだままで、小さくて裂けてしまうのではと心配になるくらい慎ましい彼女の入り口を大きく広げている。

その繋がった場所からこぼれ出ているのは、リカルドが彼女の中に放った己自身の欲望と、その白濁をうっすらと赤く染める破瓜《はか》の証だ。

その腰の下敷きにしたナイトドレスにも赤い血の染みがこびりついていて、初めての時には仕方ないと理解はしていても罪悪感が募る。

……とにかくいつまでもこのままでいるわけにも行かない。

せめて彼女の身を清めて休ませてやらなければ。

そんな思いで己の身を引こうとしたのだが、眠りについていても男を覚えたばかりの彼女の身体は、抜け出ようとするものに縋り付くようにきゅっと締め付けてくる。

「……っ……」

意識がない者の身体とは思えない、まるで別個の意志を持つ生き物のようにリカルド自身を咀嚼する彼女の蜜洞が与える刺激に抗うのは大変に難しく……結論から言えば、リカルドはその健気《けなげ》かつ淫らな身体に負けた。

眠っている相手の身体を良いように扱うなど外道のすることだと思うのに、収まりのつかない己の身体を鎮めるために腰が勝手に動き出してしまう。

また幸か不幸か彼女の身体は軽く柔軟で、リカルドの望む体勢にできてしまうのだ。

さすがにあれやこれやと淫らな姿勢を取らせることは彼の道徳心が邪魔をしたが、シャレアに意識があれば、初めての彼女の身体をさらに深く求めていただろう。

「ん……んぅ……」

眠りながらガクガクと身体を揺さぶられても、よほど疲れているのかシャレアは深く眠りについたままその瞼を開くことはない。

それなのにリカルドの脳裏には、シャレアがこれまでに見せた様々な彼女の表情が蘇る。

二年前に初めて会った時、彼女に相当非礼な態度を取ったにも関わらず、気にした様子もなく自然に笑って見事なカーテシーをして見せた。

その次に会った時は、年相応に可愛らしい反応を見せて……自分が異性として意識されたと感じたことを、嫌悪感なく受け入れることができたのは初めてだった。

言葉を交わしたのはその時だけだったけれど、以来なぜか妙に彼女の存在が気になって、もう一度会えないかと、それまで控えていた夜会への出席の数を増やしたくらいだ。

けれどシャレアと再び顔を合わせる機会も、言葉を交わす機会にも恵まれないまま時が流れてしまった。

ハワード伯爵家を襲った不幸はリカルドの耳にも届いて、葬儀に参列できるほどに親しい付き合いはなかったために弔辞を送ることくらいしかできなかった。

それに対してシャレアからは丁寧な返礼が届いたが、そこに綴《つづ》られた美しい女文字にこれまで感じたことのない感情を抱いたと言ったら信じてもらえるだろうか。

別のその時は彼女と結婚したいとまで思ったわけではない。

ただもう少しだけ彼女のことを知りたいと感じただけだ。

だが自分と彼女の関係は顔見知りよりも希薄なもので、関わりを持つためには根気よく社交界で顔を合わせ、少しずつ親しくなるしかない。

両親を突然失って気落ちしているだろう彼女のことが気になったけれど、何の関わりもないリカルドが突然口と手を出せば世間に余計な誤解を与える。

それにシャレアには亡くなった父親の弟が寄り添っていると聞いたから、自分が出しゃばる必要はない、とその時は思ったのだ。

しかし彼女は一年が過ぎても社交界には戻らなかった。

それを疑問に思わなかったのは、喪に服す期間は概《おおむ》ね一年と定められていても、大切な身内を失った悲しみは人それぞれだ。喪が明けても二年、三年と華やかな場への出席を控える者は少なからず存在する。

それにリカルドも常にハワード伯爵家の動向を追っていたわけではない。

いくらシャレアのことが気になっていても、他家の事情をコソコソと調べ回るようなことをして、シャレアがそれを知ったら気を悪くするだろうと思うと躊躇ってしまったからだ。

これまで散々自分がそのような真似をされて、幾度も不快な思いをしてきた。だからなおさらに同じような真似はできなかった。

しかし今思えばそんな中途半端な倫理観など持たずに、せめて喪が明けた一年が過ぎた頃にはなぜ社交界へ戻ってこないのか、その理由を調べさせれば良かったと思う。

そうすればハワード伯爵家の被害は今よりはマシな形で抑えることができたかもしれないのに。

まさかシャレアの叔父が家を没落させるほどにその財産を溶かしていたとは思いもよらず、リカルドが窮状をようやく耳にした時にはもう伯爵家は自助努力ではどうすることもできない状況に陥っていたのである。

それから急ぎ調べさせ、彼女が身売りを考えてもおかしくはないほどにまで追い込まれていることを知り、いてもたってもいられなくなった。

この感情を家令のセバスは「恋」あるいは「愛」と表現する。

しかし正直なところリカルドは、愛や恋がどういうものなのかよく理解していない。

何しろ異性に対してそんな興味や関心を抱くのは初めての経験だからだ。

リカルドにとって女性という存在は厄介で面倒なものでしかなかった。

母のこともしかり、強引ではた迷惑な令嬢や貴婦人たちもしかり。

男などちょっと裸になって扇情的《せんじょうてき》に誘いかけてやればすぐに飛びついてくるもの、と考えている女は多いけれど、興味のない相手に裸体を見せつけられるくらいなら、道端で遭遇した猫に同じポーズを取らせた方が遙かに可愛げがある。

貴族の令嬢や貴婦人だけでなく、若い女性の使用人ですらやることは同じなのである。

だがまだ己の身体一つで迫ってくるなら可愛い方で、策略を練り、罠《わな》を張る女達はより一層厄介で面倒だ。

ただでさえ良い印象を抱いてはいなかったのに、その策略や罠にこれまで何度も嵌《は》められそうになって苦労してきたリカルドは、自分が自ら女性に関わっていく時がくることなど生涯を通して決してありえない、と思っていた。

それなのに、シャレアに関しては全く違う。

ただ、過去に二度顔を合わせたことがあるだけ。その時に少しだけ他と違う印象を抱いただけ……。

それだけなのに、なぜ彼女のことがこれほど気になるのか、自分でも不思議で仕方なかった。

この二年間ずっと、彼女のことをひと時も忘れなかったかというとそんなこともない。

ほんの僅かな彼女との出会いの時間は時の流れとともに記憶の奥へと沈んで、時折気が向いた時にうっすらと顔を出す、その程度だったはずだ。

それなのに、不思議なことに二年前の彼女の笑顔はいつまでも忘れずに記憶に焼き付いている。

(駄目だ……早く、終わらせなければ……)

過去のことを思い出すとリカルドは己自身の欲望にまた熱が集まる感覚がする。

白く柔らかな肌を晒している彼女の裸体や、苦痛とも快感ともつかない表情で頬を上気させている彼女の寝顔を見ればなおさらに。

そして……やっぱり、初めて会った夜の彼女の笑顔が蘇ると、熱の固まりが再びはけ口を求めてリカルドの欲望を煽《あお》り、理性など粉々に砕かれてしまうのだ。

眠る彼女の両足を抱えて、がつん、と強めに腰を突き出した。

「うう っ……ん……」

目覚めるかと思ったが彼女の瞼は閉じたまま、けれどその内側は健気にリカルドに縋り付いてくる。

できるだけ早く終わらせたいのに、丁寧に扱ってやりたいのに、胴震いを起こすほどの快感を前に彼の行為はなかなか収まらない。

リカルドがやっと己の熱を解放することができた時、シャレアの腹の中は新たな白濁で満たされ、退く彼自身とともにその場所から溢れて内腿《うちもも》や寝具を汚すほどだった。

破瓜の血も、もうそこには混じっていない。

「……まるでケダモノだな」

自分で自分を抑えられない初めての欲求にリカルドは苦笑とも嫌悪ともつかぬ声で呟き、未《いま》だ目を閉じたままのシャレアの額にかかる髪を払い……そっと眠るその唇に口付けた。

今度は重ねるだけの、労りの口付けを。

大切にしよう。

そして子どもに恵まれたなら、共に温かな家庭を築きたい。

高位貴族らしくなくても良い。手元で子を育てたいと言った彼女の言葉どおりに、リカルドも己の手で家庭を作り、そして守りたい。

彼女と作り上げる未来は、彼が幼い頃から望んで、でも諦めかけていた夢と理想が詰まっている、そんな気がする。


そうしてリカルドの期待と共に始まったシャレアとの新婚生活だったが、しかしいざ始まってみるとその日々は予想とは少し……否、大分違っていた。

シャレアはすぐに屋敷の使用人たちの多くと打ち解け、使用人たちも彼女を公爵夫人として慕うようになったが、リカルドに対しては奇妙に遠慮がちで、ぎこちない態度が抜けないのだ。

なぜだろう、彼女にもっとも近しいのは夫である自分のはずなのに、その夫が一番彼女に距離を取られている気がする。

「……シャレアからすれば、大して関わりのない相手から突然、弱みに付け込まれて結婚を強いられたようなものだ。仕方のないことか」

けれど、ずっとそう思われたままでは困る。

どうにかして妻の警戒や遠慮心を解きたいと考えるリカルドだったが、悲しいかなこれまで女性に全く興味を持たなかった経験値ゼロの彼は、どうすれば女性の心を解すことができるのか、その手段が全く思いつかず、一人頭を抱える羽目になるのであった。

……と、まあ早速夫婦生活に悩みを抱えてしまったリカルドではあったが、シャレアはシャレアで嫁いできた家にどう馴染もうかと苦心していた。

買われてきた花嫁の立場ではあるが、ただ与えてもらうだけなのは心苦しい。

この家に嫁いだその日から親切にしてくれる家令のセバスに、

「リカルド様のお邪魔にならない範囲で、私にできることはあるかしら」

そう尋ねれば、彼は皺の多い目元を緩めて頷き、挙式に参列してくれた人々への返礼状を任せてくれた。

ただのお礼の手紙と言えば簡単に聞こえるが、文字一つ、文体一つとっても、この一通で家の格を問われるほどの、ひどく気を遣う作業だ。

セバスが渡してくれた過去の返礼状の見本や文例集、招待客の家族構成やその領地の特徴などが詳しく記された記録を元に、一つ一つ確認しながらしたためたけれど、さすがは筆頭公爵家、覚えなくてはならないことは多岐にわたる。

並の令嬢ならその量にすぐに音を上げそうなものだったが、シャレアはゆっくり一つ一つ丁寧に作業にあたり、三日ほどの時間を掛けて全て仕上げてリカルドの許可を得て送付した。

そんなシャレアがしたためた返礼状に使用されたのは、月桂樹と剣を模したバルド家の家紋に百合《ゆり》が添えられた、この家の正妻という身分を証明する印章である。

初夜の翌日にこの印章をリカルド本人から渡された時には戸惑った。

「よろしいのでしょうか？　私がこちらをお預かりしても……」

「公爵夫人の印章だ。あなた以外の誰に預けろという」

何を当然のことを言うのかと言わんばかりのリカルドだったが、シャレアは自分が子をもうけるためだけに嫁いできた妻だと承知している。

それなのに公爵に次ぐ力を持つ公爵夫人の印章など自分が持っても良いものかと思ったのだが、しかし確かに正式に結婚している自分以外にこの印章を使える者はいない。

逆にシャレアがしたためる手紙や書類にこの印章がなければ、信用が著しく損なわれることになる。

だから有り難く預かることとしたのだが、内心はやはり困惑していた。

「私は一体、どこまでこの家に関わることが許されているのかしら……」

家令のセバスを始め、家政婦や身の回りの世話をしてくれる者達は親切だ。特にセバスは好意的で、シャレアがどんなことを尋ねても、答えられる範囲で丁寧に教えてくれる。

一方で副執事のマーカスやリカルドの身の回りの世話を行う従僕たちの態度は少しばかりよそよそしくて近寄りがたい。

彼らと今後どう付き合っていくかは、シャレアがこの家に来て早速抱えた課題の一つである。

しかし彼女にとってもっとも大きな課題は、やはりリカルドとの関係であった。

（印章を預けてくれたし、家の中のことや使用人について、思うようにして良いと許可してくださっている……最低限女主人としての権限を与えてはくれるおつもりのようだけれど……）

シャレアとしてもできる限り約束どおり彼を煩わせることがないようにしたいのだが、いざリカルドと共にいる時、彼がどんな態度を望んでいるのか判らなくて悩ましい。

愛想良く振る舞えば良いのか、それともあくまで静かに控えるように心がければ良いのか。

リカルド自身あまり口数が多い方でも表情が豊かな方でもないから、意向を知るためには彼をよく観察しなくてはならないのだが、ジロジロ見られるのは不快だろうと思うとそれもできなくて、自然と彼の前では借りてきた猫以上に緊張してしまう。

その上彼女を戸惑わせるのは、夜のリカルドの自分に対する扱いだ。

昼間の彼は非常に淡泊で、言ってしまえば素っ気なくつれない。

覚悟していたほど邪険にされることは決してないし、話しかければ応じてはくれるのだが、そこから話が広がるかというとそうではなく、大体はお互いに話題のネタが尽きてしまって早々に気まずい空気が流れて終わってしまう。

しかし、夜の彼はまた違った様子を見せる。

初夜を迎え、嫁いでから半月。

あれから幾度か彼に抱かれる夜を過ごしているが、その時のリカルドは昼間とは打って変わって情熱的で、執拗だ。

まだ不慣れなシャレアに快楽の種を植え付けては芽吹かせ、触れることを躊躇わない。

彼自身、女性の身体がどのようにできていて、自分とどう違っていて、どう触れればどんな反応を示すのか、それを一つずつ確かめている気がする。

シャレアが少しでも良い反応を示せば絶対に忘れないし、逆に痛みを訴えたり困惑したりという反応を見せると、次からはより慎重に、優しく丁寧に触れる。

すると不思議なことにシャレアはどこに触れられても心地よさを覚えてしまい、はしたない声を上げてしまう。もはやこの身体の全てで彼に触れられていない場所はないと言い切れる。

（リカルド様の夜の振る舞いについては意味があるのかしら？　子を得るためには身体を繋げる必要があるけれど、女性には苦痛を感じる人も多いと聞いたことがあるわ。それなのにあんなに色々な姿勢をして、快感を得る必要ってあるの？　もしかして気持ち良くなった方が妊娠しやすくなる？）

誰かに聞きたかったが、もちろんそんなことはアマリアにだって聞けない。

もっと雑に扱われるならばシャレアも割り切れるのに、あんなに熱心に身体を解され優しく丁寧に労るように抱かれると、もしかしたら少しは愛されているのでは、なんて僅かな期待が芽吹いてしまって困る。

そのおかげで昼と夜とのギャップにシャレアは未だにリカルドとの距離感が掴めないでいた。

「困ったわ……」

心の声が、そのまま言葉となって表に出てしまったらしい。

「どうなさいましたか？」

困った、と呟いた声が思いの他響いたようで、傍に控えていたアマリアがそっと近づいてくる。

「いいえそうではないのよ。ただ……ねえ、アマリア」

「はい？」

少し考えて、手にしていたペンをペン立てへと戻して侍女に向き直る。

何か真剣そうな主人の様子にアマリアも何事かと身構える。

そんな彼女に、躊躇いながらもシャレアは尋ねた。

「……ここに来て、あなたも随分家の人達と仲良くなったのでしょう？　その……何か聞いていたりはしない？」

「それは、はい。一部の方を除き、皆さん親切な方ばかりで、良くしてくださいます。でも、聞いているとは何を、でしょうか？」

一部を除き、とあえて断言するのはやはりシャレアに対するのと同じように、マーカスや数人の従僕とはまだ隔たりがあるせいだろう。しかし今大事なのはそこではない。

いつもなら人の噂話などはあまりアテにしないようにしているのだが、今のシャレアはたとえ人の話でも知りたかった。

「……それはその、リカルド様のことよ……どんな方なのかしら、って……」

妻であるシャレアが他者に夫のことを聞くなんておかしな話だ。自分が一番知る機会に恵まれている立場だろうに。

けれど夜はともかく、昼間の公爵夫妻がぎこちない様子なのはアマリアも見ていて判るようで、ああ、と納得したように肯いて、シャレアの心に寄り添うように微笑んだ。

「そうですね。色々とお話は聞きますが、雇用主としては寛大で理不尽な命令は殆どない、良い主人のようです。待遇も他の家よりずっと良いと。お役目に取り組む姿も己のお立場に甘んじることなく真面目で、使用人たちからは尊敬されているようですわ」

「そう……」

「ですが女性嫌い、というのは本当のようです。既にご存じの通りこの家の女性使用人は私を除き、四十代以上の方ばかりですし……これまで旦那様をお慕いして尋ねていらっしゃったお嬢様方も全て追い出してしまわれたとか。笑顔は見たこともなく、お心を許していらっしゃるのはセバス様に対してだけではと。誰かを愛したことのない方なのではないか、と言われております」

概ね、予想したとおりの話だった。

シャレア自身はリカルドから厳しい対応をされたことはまだないが、多分それはこちらが必要以上に彼に絡まないせいだ。

長くこの家で働いている使用人たちもそう言うのなら、やっぱりリカルドの女嫌いは筋金入りで、シャレア自身が愛されているというわけではないのだろう。

（ということは、やっぱり夜のあの行いは、妊娠しやすくするための手段と考えた方がよさそう。それはそうよね……子どもができないと、何度も抱かなくてはならないもの。回数を減らすために、確率を上げる手段を取るのは効率的だわ）

シャレアなりにリカルドの様子に理由付けると、ぐっと両手を握り締めて気合いを入れた。

「それなら私もできるだけ勉強してリカルド様のお手を煩わせないようにしないと」

「はい？」

どうやら気合いを入れすぎて、その決意が声になってしまったらしい。まさかその頑張る、という理由が『子作りのために』とはさすがに言えないから、曖昧に笑って誤魔化《ごまか》した。

しかし勉強するといってもどこで誰から学べば良いのだろう。

シャレアの母は既に亡く、乳母もいない。アマリアに聞こうにも未婚だし恋人もいないはずだ。家庭教師や教本から学ぶにしても閨《ねや》ごとに詳しい家庭教師など聞いたことがないし、教本もどこで手に入れれば良いのか皆目見当もつかない。

ということは、やはり最後の頼みの綱は友人か。

この二年社交界から離れていて友人達のお茶会からも遠ざかってしまっているけれど、幸いなことに友人達との縁はまだ切れていない。

ハワード伯爵家にいた時も、没落を耳にして「大丈夫か、何かできることはないか」と手紙をくれた友人が二人いるし、結婚が決まった時には心から祝福してくれた。式にも参列してくれた二人からは、落ち着いたらお茶会を開きましょうと常々誘われている。

そのうち一人は既に結婚していて、もう一人は婚約者がいる。

「こういうことは経験者に聞くのが一番ね」

そうと決まればすぐにもお茶会を開き、二人と会いたい。

だが公爵邸でお茶会を開くにしろ、二人の家に出かけるにしろ、先にリカルドの許可を得ねばならない。

「アマリア。リカルド様に今から伺っても良いか確認してもらえる？　お願いしたいことがあるの」

「はい、もちろんでございます。すぐに行って参りますね」

妻であればわざわざ夫への取り次ぎを侍女に頼まなくても良いのかもしれないが、その距離感がやはり判らないのだから仕方ない。事前に予定を確認して悪いことはないだろう。

幸いにしてリカルドはすぐに応じてくれるそうだ。その返答を受けてリカルドの元へ出向いたシャレアは、彼の傍に控えていたマーカスの存在に一瞬気圧《けお》されながらも、恐る恐る願い出た。

「友人と会いたいと思うのですが、この家でお茶会を開くことはお許しいただけますでしょうか」

それに対するリカルドの返答はというと、実にあっさりしたものだ。

「その程度のことは私に都度許可を得ずにあなたの自由にして構わない。ただこの家に若い女性の世話ができる女性使用人は多くないので、大規模なお茶会や夜会をご希望であれば時間がほしい。新たに人を雇用するなり、応援を手配する必要がある」

「お茶会と言っても二、三人程度のものですので、特別な対応は必要ありません。場所もリカルド様の書斎から遠い、西棟のサロンを使用させていただければ……」

「構わない」

「ありがとうございます！」

良かった、久しぶりに友人達をもてなすことができるとシャレアの口元が綻ぶ。

が、それもほんの僅かな間のことだった。というのも、リカルドの後ろに控えていたマーカスの視線とぶつかったからだ。

表情が大きく変わったわけでも、何かを言われたわけでもない。

けれど目は雄弁にものを言うという言葉が正しいかのように、マーカスの視線は刺すように鋭い。

まるで「立場を弁えることを忘れるな」と言わんばかりだ。

その目は到底公爵夫人に向けるようなものではなかったが、リカルドが彼を傍に置いているところからしてマーカスはリカルドの信頼を受けているのだろう。

彼の視線の鋭さは、すなわちリカルドの本心を表しているように感じられて、心が萎縮する。

ぎゅっと唇を噛みしめた。

「……あ、あの、やはりこの家でのお茶会はまた次回にして……私の方から出向くことにいたします」

すっかり公爵邸での開催という話で流れていたというのに、突然撤回したシャレアにリカルドは不思議に思ったようだ。

だが問い返すようなことはしなかった。言いにくそうな様子に気遣ってくれたのかもしれない。

あるいは無理に聞き出すほどの興味がないのか。

「侍女と護衛は必ず連れて行くように」

「はい……」

話が済むと、シャレアは早々にリカルドの書斎から辞去した。

廊下に出て、真っ先に零れてきたのは溜息だ。

「駄目ね……リカルド様が寛容だからと、少し浮かれてしまったみたい。立場を弁えて、しっかりしないと……」

その声は小さくて、傍にいたアマリアの耳にも届かない。

けれどその呟きは、確実にシャレアの心と身体を縛り付けるのだった。

第三章　妻の心、夫の心

「そうねえ……女性が深い快感を得ると、身体が男性をより深くに受け入れやすくなって、結果的に妊娠しやすくなるのではないか、という話は聞いたことがあるわ」

「やっぱり……」

数日後、シャレアからの連絡と今日の茶会の場を快く提供してくれたエレイズ伯爵夫人となった友人のロザリーは、少しばかりはにかんだ表情を浮かべながらもそう答えてくれた。

この場にはもう一人、近く結婚予定の友人、マルセル子爵令嬢のヘレナも同席している。

三人はしばらくぶりの再会を喜び、シャレアの結婚を祝い、ハワード伯爵家が持ち直したことを喜び、そして互いの近況や今回の結婚に対する社交界での評判などを聞き出した頃合いを見計らって、シャレアの方から切り出した。

曰《いわ》く、夫婦の営みで快楽を得ると、子はできやすくなるものなのか、と。

あまりにもあけすけな問いだが、社交界デビューする以前から付き合いのある、いわゆる幼馴染み《おさななじみ》と言っても良い二人だからこそできる話だ。

もちろんロザリーもヘレナも、突然のシャレアの問いに驚いて目を丸くしたが、そこは好奇心旺盛な十代の若い娘たちである。

「ということは、公爵様に充分可愛がってもらっているということね。かなりの女嫌いと聞いていたけれど、あっちの方は意外と熱心で精力的、ということかしら？」

「ヘレナ、夫婦の間のことを詮索するのは品がないわよ」

「だって、あのバルド公爵様よ？　そのバルド公爵様に嫁いだシャレアが『快楽を得ると子を得やすいのか』なんて訊いてくるのですもの。そりゃあ、そんな疑問を抱くほどの夜を過ごしているんだなって思うじゃない」

思わずお茶を喉に詰まらせそうになった。

なかなか当たらずとも遠からずでは、と思ってしまったために。

ヘレナの言葉に苦笑しながらロザリーが微笑んだ。

「でも良かったじゃない、大切にしてもらえているのね」

ニコニコと嬉しそうな笑顔を向けられると、シャレアとしては曖昧に微笑むしかない。

だが大切にしてもらえているかどうかはともかく、良くしてもらっていることは事実だ。

「でも、もう子どものことで悩んでいるの？　まだ結婚して半月でしょう、さすがに早すぎるわよ」

ヘレナの言うことはもっともだ。

確かにシャレアもせっかちすぎると判っている。頷きながら苦笑した。

「ええ……でもできるだけ早く子どもがほしいの。リカルド様にはとても良くしていただいているから、早く恩返しがしたくて」

「恩返しに子ども、というのはまたちょっと違う気もするけれど。でもシャレアの立場なら焦るのかもしれないわね。公爵家ともなれば跡継ぎは必須でしょうし……我が家も同じだもの。うちはもう結婚して半年でしょう？　だからお義母様たちが煩《うるさ》くって……だけどこればっかりは神様の気まぐれを待つしかないわ」

　ロザリーの方はというと、自身も既婚で一日も早い懐妊を望まれる立場だからこそ、シャレアの焦る気持ちにも一定の理解を示してくれた。

　むしろあれこれとせっついてくる義母がいるロザリーの方が精神的には大変なのかもしれない。

「なんだかそういう話を聞くと、私も結婚するのが少し憂鬱になってしまうわ。もちろん早くに授かればそれに越したことはないけれど、運みたいなものでしょうし」

　しみじみとヘレナがそう言えば、ロザリーも同じように肯く。

「ええ。本当に運を天に任せるしかないわね。でもできることはする、というのは大切だと思うわよ？　やることをやらないと子どもなんてできないし？　それを思えば快楽が深い方が子を得やすいっていうのは事実なのかもしれないわね。だって苦痛ばかりだと行為そのものが嫌になるでしょう？」

　この場にいるのが自分たちだけ、とあってやっぱり会話があけすけだ。

　しかしそれはシャレアにとっては大変な励みになった。

　とりあえず営み中に快感を覚えることはおかしなことではなく、子を得るためには意味があることなのだと確信できただけでも充分である。

その後二人には大分からかわれてしまったが、他にも妊娠しやすい食べ物だとか、体操だとか、教えてもらった有益な情報を元にいつ身籠もっても良いようにと自分の身体を整えることにした。

まずは二人に揃って指摘されたのは、シャレア自身の健康と身体である。

「とにかく、あなたはもう少しお肉を付けた方が良いわ。出産には体力を使うし、あまりに華奢すぎると難産になりやすいとも言われているもの」

「それに旦那様の抱き心地にも影響する？」

「ヘレナ、露骨すぎるわよ」

ロザリーに窘《たしな》められてヘレナがクスクスと笑う。

しかし多分もう少し太った方が良いのは確かだ。痩せすぎていると月のものの周期にも影響することがあるし、場合によっては命と引き換えになる出産に必要なのは、一にも二にも体力だということは、シャレアにも想像が付く。

それからシャレアは天気の良い日は朝と夕方の二度は庭の散歩をすることや、屋敷にいる間はコルセットのように身体を締め付ける矯正下着はなるべく着けないようにする、などということにも心がけるようにした。

そして何よりリカルドに求められた夜は、できるだけ素直に彼を受け入れ、与えられる感覚に素直に身を委ねる努力も。

そのおかげか、今ではもう彼との交わりで痛みを感じることは殆どなく、数を重ねる毎に快楽を拾いやすい身体へと変わってきている……と思う。

（自分にできることは、しているつもりよ。……でも……）

結婚して三ヶ月が過ぎてもリカルドとの関係で順調なのは夜だけで、昼間のぎこちなさは消えず、まだ懐妊の兆しもない。

まだ三ヶ月。されど三ヶ月。

これくらい経てば、夫婦によってはもう授かっていてもおかしくはないことを思うと、やっぱりどうしてもじわじわと焦る心が膨れ上がるのは止められそうにない。

大金と引き換えに嫁いだのに、もし子が産めなかったらどうなるのだろう。

もう何度もリカルドと夜を過ごしているが、それでは足りないのだろうか。

それとも自分の身の委ね方や快感の拾い方が悪いのか。

あるいは自分だけが気持ち良いのでは駄目で、リカルドにも同じかそれ以上に感じてもらわなくてはいけないのかもしれない。

ここのところシャレアが考えることは、どうすれば妊娠できるのか、ということばかりだった。

「シャレア様、どうぞあまり思い詰めないでください。考えすぎるのも良くないと聞きますし……」

見かねたアマリアがそう慰めてくれるけれど、今のシャレアはその慰めも少しばかり辛い。

「ええ、判っているわ。……判っているのだけれど……駄目ね、気持ちばかりが焦るの。もしかしたら子どもを産めない身体だったらどうしよう、って……」

沈んだ声音で告げたシャレアに、アマリアが思い切ったように口を開いたのはその時だった。

「シャレア様がそんなに思い悩むのは、旦那様との関係にも問題があると思います」

「えっ……？」

「シャレア様は今、結果ばかりをお求めですが、実際はその過程も大切でしょう？　はっきり申し上げて、旦那様に遠慮しすぎに見えます、ご自分の立場を引け目に感じすぎですわ」

「そんなことは……」

ない、とは言えなかった。アマリアの指摘に内心ギクリとしたのだ。

「旦那様もあまり口数が多いとは言えない方ですので、仕方ない部分もありますが……お二人は端から見ていてもご夫婦としては大変ぎこちなくていらっしゃる。まずはもう少し、旦那様と昼のお時間を増やしてみてはいかがです？」

「そんな……でも……お忙しいリカルド様にご迷惑をおかけするわけには……」

「旦那様がそう仰ったのですか？　シャレア様に直接、面と向かって迷惑だと？」

問われて思わず口ごもった。

迷惑。そう、リカルドがシャレアに面と向かってそんな言葉を告げたことはない。

この三ヶ月、シャレアからリカルドに話しかけたことはそう多くないが、その全てに彼は静かに耳を傾けてくれた。

ただシャレアの記憶にこびりつくのは、最初の縁談が持ち込まれた時にマーカスから告げられた言葉だ。

気にしないようにしていたつもりだけれど、ことあるごとに蘇っては心に楔《くさび》を打つあの言葉は自分で思う以上にプレッシャーになっていたのかもしれない。

「シャレア様だって、旦那様と親しくなれるならその方が良いですよね？」

「……それはもちろんよ」

シャレアだって本心では自分の両親のように仲の良い夫婦になれればそれに越したことはないと思っている。

元々淡い憧れを抱いていた人だし、繰り返し肌を合わせれば心だって揺れる。

それにぎこちない夫婦関係であっても、リカルドはどんなに忙しくてもできる限り食事の時間は共に過ごしてくれるし、時折贈り物だってくれる。

そしてその贈り物は決して人任せにしたものではなく、彼自身が選んでくれていることはリカルドの様子や、こっそりセバスから聞く話で理解している。

彼なりに、ぎこちなくとも歩み寄ろうとする姿勢を感じることは、素直に嬉しい。

ただ大金を出してもらって、今現在も世話になっているという引け目と、マーカスの最初の言葉があって、自分の方から多くを望むことができないだけだ。

リカルドに抱かれる時も、いつも根気よく丁寧にシャレアの身体が受け入れる準備を整えるまで愛撫で解し、苦痛を与えないように優しく抱いてくれているのは判っている。

ロザリーやヘレナの話では、夫との行為に快感など一つもなく、ただ一方的に始まって一方的に終わる行為をひたすら耐えている妻も少なくないと聞いたから、それを思えばシャレアは随分恵まれていると思うのだ。

彼との夜を思い出すと、カッと全身の体温が上がる気がする。

その行為が子を得るためのものであったとしても、やっぱり大切に抱かれていると思えば心は揺れ、期待してしまうのを止められない。

この行為はもしかしたら子を得る以上の意味があるのではないか、と。

何度かリカルドに尋ねてみようかと思った。だけどできなかった。

もしそんなふうにシャレアを抱く理由が、やっぱり面と向かって懐妊のためだけでそれ以上の意味はないと言われたら、きっと自分は納得しつつも深く傷ついてしまうだろう。

それだけならまだしも、面倒な女だと彼に嫌われてしまったら、と思うと怖い。

「お許しいただけるなら、私の方からセバス様に相談してみます。奥様がもう少し、旦那様とご一緒の時間をお望みだと……セバス様ならきっと上手に旦那様に伝えてくださいます」

そんな時にアマリアが提案してくれたことはシャレアにとってもありがたいことだった。

確かにセバスなら上手く間を取り持ってくれるだろう。

そんな時間など必要ないとリカルドが言うならば現状を維持するよう努力するだけだし、もし受け入れて時間を作ってくれるのなら……シャレアだって内心では愛されることは無理でも信頼される夫婦関係になりたいとは思っている。

「……それは、良いのかしら。……お願いをしても」

「もちろんです。シャレア様はハワードのお屋敷にいた時から何でも一人で頑張ろうとしがちなんです。状況的に仕方なかったとは思いますが、少なくとも旦那様はパトリック様よりは頼りになる方だと思います」

「アマリアったら。あまり叔父様を悪く言わないで？」

確かに叔父には苦労させられたが、だからといって全ての責任がパトリックにあるわけではない。

叔父なりにシャレアのことを思って、より繁栄させた家を彼女に引き継ぎたかっただけなのだ。

それを止められなかった自分にも責任があると苦笑する。

「でも、そうね。……前半はあなたの言う通りかも。……お願いしても良い？」

「はい、お任せください」

意気揚々と部屋を出て行ったアマリアは早速セバスに相談したらしい。

アマリアの話では、セバスも同じことを心配していたらしく、快く引き受けてくれたそうだ。

どうなるかは判らない。でも上手くすれば、シャレアが感じていた、最初にマーカスから聞いていた言葉とリカルド自身の行動の食い違いがなくなるかもしれない。

それが良い結果にしろ悪い結果にしろ、どっちつかずの状況で困惑し続けるよりは良い気がした。

そしてその効果はすぐに現れたのか、その翌日の夜、王宮から戻ったリカルドに書斎へと呼び出されたシャレアはこれまでにない話を持ちかけられることになる。

「近く、城でシーズン終了の舞踏会が開かれる。……私の妻として、共に参加してほしい」

と。

リカルドと結婚して公爵夫人になっても、まだ社交界に復帰してはいなかった。

元々社交は生活環境が大きく変わって心身に負担が大きいだろうという理由で必要最低限で良いという話をされていた。

その理由をシャレアは自分が公爵夫人として公の場で名乗ることはあまり望まれていないのだと思っていたが、そんなことはなかったらしい。

「よ、よろしいのでしょうか？」

「ああ」

思わず動揺して声が上ずってしまったが、目の前のリカルドは相変わらず無表情のままで変化はない。

そんな反応を見ると浮かれた自分が少し恥ずかしくなってしまうが、いつもならそこで終了してしまう会話が、その後も続いた。なんと、リカルドから続きを繋げることによって。

「実は、兄からあなたを紹介するようにと煩《うるさ》く言われている。兄はその立場上、結婚式にも参列できず、婚前は準備に慌ただしくて挨拶に連れて行く余裕もなかったから」

現在、リカルドの唯一の身内は現王だけだ。実父である前王も、養母であった王妃も、そして実母の側妃も今は皆それぞれの理由で永久の眠りについている。

しかしまだ王に目通りは叶っていない。それはシャレアも気にしていたことだが、リカルドから話がなければ、シャレアからはどうすることもできなかった問題だ。

「陛下へのご挨拶は私も気にしておりました。ですが、その、本当によろしいのでしょうか?」

先ほどと同じ言葉を繰り返すシャレアだが、そこに込められた意味は違う。

先ほどの良いのか、という問いは「自分を妻として社交界に連れて行って良いのか」という意味だが、今回は「正妻として王に紹介して良いのか」という意味だ。

前者はともかく、後者は一度紹介してしまったら今後ことある毎に、様々な式典や催し物に夫婦での出席を求められることになるだろう。

やや上目遣いに躊躇いがちに尋ねれば、リカルドは珍しく一瞬沈黙し、それから静かに答えた。

「……紹介する順序は逆になってしまったが、兄には婚前からあなたを妻にすることは報告している。ただやはり環境の変化が大きく、あなたの負担が重いと考えて先延ばしにしていただけで、落ち着いたら改めて紹介するつもりでいたから、問題はない」

「そ、そうだったのですか……それはその、お気遣いいただきありがとうございます」

どうやら思いがけず気遣ってもらっていたようだ。

「そういうお話であれば是非ご一緒させてください」

本音を言うならシャレアは特別社交の場に出席したいわけではない。

ハワード家の零落も、叔父の失敗も、自分の状況も全てもう広く噂になっているだろうし、今回の結婚でも色々とあることないこと言われているだろうことは容易く想像がつく。

でもリカルドと共に国王に挨拶し、社交の場へ出ることは彼の正式な妻として証明してもらえるようでそれは嬉しい。

その気持ちのままにふわりと笑ったシャレアの笑顔にリカルドは僅か息を詰め、それからぎこちなく視線を外した。

気に障っただろうかと不安になるところだったが、すぐにシャレアが「あら？」っと思ったのは彼の耳がほんのりと赤くなっているように見えたからだ。

（もしかして照れていらっしゃる？　……まさか、そんなはずないわよね……？）

結婚して三ヶ月、まだまだお互いに判らないことや知らないことは多い新米夫婦だが、少しずつ前に進んでいる。

そんな気がした。


『是非ご一緒させてください』

そういってふわりと綻ばせたシャレアの笑顔は、確実にリカルドの胸に刺さっていた。

殆ど顔に出ず、態度にも出ない彼だが、それでも確かに効果はあったのである。

ただ一緒に舞踏会へ行こう、兄王に紹介する。そんな申し出であんなに素直に喜んでくれると思っていなかったから驚いた。

婚約が決まった当初から、兄からは早く彼女を連れてこいと顔を合わせる度に催促されていた。

しかしリカルドが今の今までシャレアを城に連れて行かなかったのは、好奇心や妬み嫉《そね》みなどの面倒な視線を向けられるのは苦痛だろうと思ってのことである。

社交の場へも同じ理由で結婚後今に至るまで社交の場への妻の帯同《たいどう》は控えていたのだが、どうやら自分が余計な気を回しすぎていたらしい。

それと同時にセバスから受けた助言に従ってみて良かったと思う。

どうやらシャレアはこの結婚は跡取りを得るためだけのものと思っている節があり、そのせいか身体を交えることは決して拒まないのだが、心の距離が上手く縮まらないことを悩んでいたのだ。

リカルドは自分でも自覚しているが、愛想が良い方ではないし、口が達者なわけでもない。

これまで散々避けていたために女性の扱いも不得手で、兄にはストレートにせっかくの顔の良さを有効活用できない残念な朴念仁《ぼくねんじん》とまで言われる始末である。

彼なりにシャレアには時々贈り物を渡してはみているのだが、今ひとつ反応が芳しくないのは、そもそも贈り物を贈る以前に会話だとか、信頼関係だとかが足りていないからだということは充分承知していた。

けれどどんなことを話せば彼女が心を許してくれるようになるのか、それがリカルドには判らない。

これが取り引きや交渉となるとさほど会話に苦労することなく話せるのに、女性の心を得るための会話となると途端に言葉が出てこなくなる自分を、この三ヶ月の間どれほど呪っただろう。

しかしセバスに言われたのだ。

『苦手だからと避けていては、一生奥様と判り合うことはできません。夫と心が通わない、そんな苦しみを奥様にこの先も与え続けるおつもりですか？　大体いつまでも世間から隠し通せることでもございませんでしょうに』

そんなつもりはなかった。でも現状はそう言われても仕方ないと誰よりもリカルド自身が自覚している。

原因は判っているのに改善努力をしないのはただの怠慢だ。

今回シャレアを舞踏会へ誘ったのは、リカルドなりに考えた結果のことである。二人で共に出かければ、少しは打ち解けることができるのではないか、と。

それにシャレアを公爵夫人として社交界で認知させるためには、やはり夫婦で共に行動するのが一番効果的なのではないか、とも。

まあ兄の催促が、だんだん無視できないほどしつこくなっていたことも理由の一つだけれど。

「あんなに喜んでくれるのならもっと早くに連れて行くべきだったな……」

自分にとって社交界とは煩わしいものでしかないから、シャレアもてっきりそうだと思い込んでしまったが、話を切り出した時の彼女のホッとした笑顔を見ると、あまり屋敷に隠しすぎていたことも良くなかったのだろうと反省した。

「私は駄目な男だな。女性の気持ちがまるで理解できていない」

シャレアが退室した書斎で、セバスに夫婦での舞踏会への参加を告げ準備をするようにと命じながら、続けてこぼれ出た言葉は老家令の笑みを深くさせる結果に繋がったようだ。

「旦那様の過去を思えば仕方ない部分はございましょうが」

「だが、妻の気持ちがまったく判らないようでは駄目だろう」

「そうお考えになれるだけでも大進歩であると私は思いますよ。まずは奥様と会話をする機会を増やしなさいませ。誤解やすれ違いは、交わす言葉やコミュニケーション不足から発生する場合が殆どです。しっかり話ができるようになれば、夫婦間の大抵の問題は解決します」

「お前の経験上、か？」

「はい。私の経験上」

十年前に妻を亡くすまで愛妻家で通ったセバスの言葉だ。もとより祖父のような家令の言葉はリカルドも無碍《むげ》にはできない。

「そうだな。確かにお前の言うとおりだ。……三ヶ月も過ぎて今更だが、苦手だからと言い訳をせず、間に合わなくなる前に彼女と話す努力をするべきだろうな」

相変わらず何を話せば良いのかは判らない。会話を始めても気まずい雰囲気で終わってしまうこともあるだろうけれど、それでも諦めればそれまでだ。

「……まずは好みのドレスの色を聞こうか。好きな宝石や、花の名前も」

「よろしいと思います」

我ながら、まるで十代の幼い少年のようだ。

身体の関係はとっくにあるくせに、本来ならとうの昔に乗り越えていなくてはならないところで足踏みしている。

それでも彼女との仲を深めたいと思えば、自分もそれ相応の努力をしなければ。

その結果、またあのようなふわりと笑う自然な笑顔を見せてくれるのなら、努力する価値があると、そう思った。


シーズン最後の王宮主催の舞踏会へ参加すると決まった日をきっかけに、リカルドと共に過ごす時間が増えた。

話すことはどうということもない些細《ささい》なことばかりだったが、そんな細やかな会話も殆どないまま過ごしていたことを思えば画期的な変化だ。

「色は、白や水色、ピンク、ラベンダーなどの淡い色が好きです。濃すぎる色はあまり似合わない気がして……特に好きな色はピンクなのですが」

「ならあなたはその色にすると良い。急ぎ服飾師を呼ぶ」

「いいえ、結婚の際に作っていただいたドレスでまだ袖を通していないものがたくさんあります。その中にピンク色のドレスも何着かあったはずなので」

「そうか。なら私はあなたのドレスの色に合わせた方が良いだろうが……」

この日二人はサロンで当日の衣装について打ち合わせをしていた。

会話が続かないことで悩んでいたが、二人に共通する話題があれば話は自然と続いた。

次第にこれまでどこか畏《かしこ》まったような印象だった互いの口調も少しずつ砕けて、他人行儀な言葉使いも抜けてきた。

今もシャレアのピンクが良いという希望を受け入れつつ、リカルドがそれに合う自分の衣装の色を考えているらしい。

相変わらず無表情で感情が窺えないが、今は以前よりその無表情が気にならない。

そのせいか、少しだけ悪戯心《いたずらごころ》が顔を出して、シャレアはこそっと内緒話をするような声音で話しかける。

「リカルド様も、ピンクはどうでしょう？　きっとお似合いになると思います」

それは本心からの言葉だ。彼ほどの美貌の持ち主ならばきっと、何色を身に纏っても良く似合う。

だが半分くらいは冗談のつもりだった。明らかに彼の好みに合わない色だと判っていたから。

案の定リカルドは一瞬硬直し、少しの間沈黙し……やっぱり表情は殆ど動かないのに、なんとなく困っているのが伝わってきて、思わず笑い出さないようにするのが大変だ。

たっぷりと数秒も黙り込んでから、彼は言った。

「……黒、か……白、では駄目だろうか」

もう少しリカルドが表情豊かであれば、きっと今頃その顔を引きつらせているところだろう。

彼がピンク色の衣装に身を包んでいる姿を想像し、とうとう堪えきれなくなったシャレアは噴き出してしまう。

楽しそうにクスクスと笑う彼女の様子から、リカルドも自分がからかわれたと理解したようだ。

「……からかったのか」

「とんでもありません。リカルド様なら何色でも似合うと思ったのは本当です。でも、そうですね。では上着は白で、シャツやアンダーウェア、トラウザーズは黒にするのはいかがでしょう？　私のドレスにも落ちついた深いピンクのものがあったので、秋に向かう今の季節に合うと思います」

「それでいい。……それにしても、あなたがそんなに悪戯好きな人だとは知らなかった」

悪戯好きだなんて大げさだ。これくらいは世間話の範囲である。

けれど以前まではこんな世間話もできなかったのだから、シャレアが少しはしゃいでしまっても仕方ないと思う。

それにリカルドも本気で気を悪くしている様子ではない。

その証拠に彼がこちらに向ける青い瞳は優しく穏やかに感じるから。

その時、ふと彼の手がこちらへと伸びてきた。リカルド自身無意識だったのか、その指先がシャレアの頬に触れる寸前で何かに気付いたようにピタリと止まる。

しかしそのまま動かない。まるで迷うように視線を揺らがせるリカルドのその手に、自ら頬を寄せたのはシャレアの方だ。

特に理由はない……なんとなくそうしたかった。その気持ちのまま、身体が動いた。

直前の、彼の優しい眼差しに背を押されたとも言える。

リカルドは自ら手の平に頬をすり寄せてきたシャレアの仕草にやっぱり少し驚いたようだったけれど、彼女が不安を抱く前に僅かに口元を綻ばせて、今度は自らの意志で彼女の頬を撫でる。

「ん」

つい短い声が漏れてしまったのは、リカルドが頬を撫でながら親指で彼女の唇に触れたからだ。

淡く色づいた、ふっくらと柔らかな唇をその親指が軽く唇を割って歯列に触れてくる。さらに奥の舌にも。

……なんとなく恥ずかしくなって今度視線を彷徨《さまよ》わせたのはシャレアの方だ。

まだ明るい昼間なのに、この仕草が妙に淫らに感じた。

「……あの……」

何かを言いかけたシャレアの顔に影が落ちる。言葉を発するより先に、自然とリカルドが顔を寄せる。

（……ああ、やっぱり綺麗な青）

明るい日差しの中で、彼の瞳の色がよりいっそう鮮やかに見えた。でもその瞳を最後まで見つめ続けることはできない。

そちらに気を取られて無防備になっていたシャレアの顎の下を、リカルドの指が擽《くすぐ》るような動きを見せたからだ。まるで仔猫《こねこ》をあやすかのような手つきで。

「きゃっ……！」

思わぬ感覚に思わず肩を竦めた。

すると今度は長い指が耳朶に上がってきて、親指と人差し指でくにくにと捏ねて遊ぶように弄られてしまう。自分で触れても特にどうと思ったことはないのに、リカルドにそうされるとゾクッと駆け抜ける喩えようのない刺激を覚えてまた声が出た。

「ひゃっ……！」

頬を真っ赤にして肩を竦める彼女に、リカルドの表情がますます柔らかく綻ぶ……でもその眼差しはちょっとだけ悪戯っぽくて、彼がシャレアの反応を面白がっているのは間違いない。

擽《くすぐ》ったいです、と抗議しようとしてもできなかった。

彼女の言葉を封じるように、唇が重なってきたから。

触れるだけのキスは、不思議と胸が熱くなった。待ち望んでいたものが与えられたような、あるいは離れることを惜しむような、自分でも上手く説明できない感情で胸の内が疼く。

熱っぽく、はあ、と吐息を吐き出せば、その吐息も封じるように再び唇が重なってくる。

触れる唇同士が、頬と手の肌が、そして寄せ合う身体が熱い。それ以上何も言えなくなって、シャレアは躊躇いがちにリカルドの首元に顔を埋めた。彼はその彼女の肩を抱き、今度は赤く染まった頬に、額にと唇を落とす。

（……なんだか涙が出そう……）

自分でも上手く説明できない感情がこみ上げてきて、シャレアの目元までも熱くする。でもそれは負の感情ではない、まるで恋しいような切ないような、むず痒くも甘く痺れるような甘い感情だった。

共に抱き合う時は身体を繋げるけれど、今は心を繋ぐような、そんな感じがした。

そんな二人のやりとりを、セバスやアマリアが邪魔をしないようにと距離を取りながら、微笑ましそうに見つめている。

屋敷の他の使用人たちも、ここ最近のリカルドが歩み寄る姿には驚いているようだ。

勇気を出して二人に相談して良かった、と心から思った。

家を助けてもらって、何不自由ない生活を与えてもらって、子に関わることを許してもらった。

だからそれ以上のことは求めてはいけないと思っていたけれど、シャレアも少しそこに拘《こだわ》りすぎていた気がする。

それが自然とぎこちない態度になって、よりいっそうリカルドとの関係をギクシャクさせていた原因になっていたのかもしれない、と反省した。

今の彼となら父と母のような寄り添い合う夫婦にきっとなれるだろう。

その期待を大きく胸に膨らませながら、やがて舞踏会当日を迎えた。

「どうかしら。おかしくはない？」

「おかしいだなんてとんでもありません。とてもお綺麗です」

一通りの準備を終えた時、姿見の前には華やかなドレス姿に身を包んだ自分の姿があった。

彩度を抑えた落ち着きのある深いピンク色のドレスに、同色のシフォンを幾重にも重ね、自然な形でスカートを膨らませたドレス姿は夏を終え、秋へと深まる季節に良く似合う。

一番上のシフォン生地には裾から蔓薔薇《ばら》が蔦《つた》と葉を伸ばし、幾つもの薔薇《ばら》の花が重なり合って咲く刺繍が施されたデザインは、つい先日十九になったばかりのシャレアの初々しい若々しさと、人妻となって落ち着きを身につけた品の良さの両方を上手に表現している。

薄い生地に手の込んだ刺繍をあしらうのは熟練の職人であっても難しい。

しかし一つ一つ丁寧に薔薇を咲かせたドレスは遠くからでもその可憐さが際立ち、また花の中央に飾られたクリスタルガラスが控えめに光を弾いて輝いている。

華奢なウエストはその細さを強調するように絞られ、優雅な曲線を描いて胸のラインを品良く演出し、スクエアネックの縁を彩るようにドレスと同じ深いピンク色の薔薇の造花が隙間なく一周している。

亜麻色の髪も、それそのものが花の形に見えるように後頭部で結い上げて纏められ、やはりドレスと同じ素材のシフォンのリボンと薔薇の造花、そして高品質のクリスタルガラスで飾られている。

色白の肌に薄化粧を施し、淡い色の口紅を差した姿は、自分でもちょっとびっくりする出来映えだ。伯爵令嬢だった頃と比較しても、今の方が圧倒的に綺麗だと我ながら思う。

「旦那様がエントランスロビーでお待ちですよ」

アマリアに促され、ドレスの裾を踏まないように気を付けてエントランスロビーへと向かえば、そこに立っているリカルドの姿にも驚いた。

シャレアが提案したとおり黒色のアンダーとトラウザーズの上に丈の長い白の上着を重ねたリカルドは、本当に物語の中に出てくる騎士様のようだ。

彼はピンクという色を自身が纏うことは躊躇っていたが、差し色で胸元のクラヴァットを止めるタイピンの宝石だけシャレアのドレスと似た色にしたことで衣装に調和が生まれ、対と言ってもおかしくない仕上がりになっている。

襟から裾、袖の縁をぐるりと彩るのは金糸で、特に襟の部分は元の生地が見えないくらいびっしりと植物模様の手の込んだ刺繍と宝石が縫い込まれている。

王弟であり公爵でもある彼の身分に相応しい、堂々とした姿だ。

思わずシャレアが足を止め見惚れてしまったのと同じくらい、リカルドもこちらに見惚れているようだった。

……そう、彼が自分に見惚れているとその時ははっきりと判るくらい、感嘆した表情でこちらを見ていたのだ。

軽く瞠目するように見開かれた青い瞳に見つめられて、シャレアの胸の鼓動が煩いくらいに鳴り響き始める。

何より嬉しかったのは彼の視線が自分を賛美していたことだ。

正直、リカルドの美貌はその隣に並ぶには勇気が必要なほどに優れていて、引け目を感じるくらいだったのだけれど、彼の様子を見る限り今の自分はその隣にいてもおかしくないらしい。

「……美しいな。よく、似合っている」

まさかリカルドの方からすぐに褒めてくれるとは思っていなかったので、ますます鼓動が跳ね、頬が熱くなった。

でも、素直に嬉しい。

「ありがとうございます。お世辞でも嬉しいです……」

「世辞なんて言ったことはない。本当にそう思ったんだ」

カーッと、ものすごい勢いで露出している肌の全てが赤くなった。

ぶは、とセバスたちのいる方から奇妙に噴き出す音が聞こえた気がしたが気にしている余裕もない。

(こ、この人、無口なくせにこういう台詞《せりふ》はさらっと言っちゃうの……!?)

恥ずかしい。死ぬほど恥ずかしい。

「あ、ありがとうございます……リカルド様も、その……とても素敵です……」

だけど、嬉しい。

つい俯いてしまうが、目の前に白い手袋を嵌めた彼の手が差し出される。その手を取って身を寄せると、触れ合ったところからじんわりと相手の体温が伝わってくる。

その温もりに言葉にできないくらい幸せな気分になったのはなぜだろう。

「行ってくる」

「はい。どうぞ良い夜をお過ごしください」

セバスたち使用人に見送られて用意された馬車に二人乗り込み、城へと向かった。

舞踏会が始まるより時間が早いのは、先に王への目通りがあるからだ。

シャレアが城へ行くのはデビューした十六の春の舞踏会の時以来になる。

伯爵家以上のデビュタントたちは一人一人、国の女性で最高位である王妃から祝福をもらうことが慣例になっていて、シャレアも例に漏れず王妃とは目通りをした経験があるが、国王とは初めてになる。ちなみにこの場合の国王夫妻はリカルドの異母兄と義姉だ。

デビューの時も足が震えそうになるほど緊張したが、今はそれを上回る。

なんとか無様な姿を晒さずに済んだのは、あの時と違ってリカルドが隣にいて、自分をエスコートしてくれているおかげだ。

非公式だからと謁見室ではなく応接室で目通りした王は、リカルドより一回り以上年上で既に四十を越えているが、見た目はまだ三十代と言っても通用するほど若々しく、凛々《りり》しい王だった。

その顔立ちはそれほどリカルドと似てはいなかったが、唯一目が覚めるような青い瞳は同じだ。

「やっと会えたな。シャレア殿。全くリカルドに何度連れてこいと言っても言うことを聞かないから、どうしてくれようと思っていたが……なるほど、これほど愛らしい新妻なら懐にしまい込んで外に出したくなくなる気持ちも判る」

「……お、恐れ入ります」

「それにしても弟とのなれそめは一体どんなものだったんだ？　この女嫌いの無粋な男に望まれるくらいの出会いがあったのではと思っているのだが」

ニコニコと親しみ深い笑顔を浮かべながら、国王トリスタン一世はとても饒舌《じょうぜつ》だ。

もしや自分は自国の王に、恋話を期待されているのだろうか。

「……兄上」

「兄相手に凄《すご》むな、これでも私は王だぞ」

ジロリとリカルドが不敬にも兄を睨《にら》んだが王は気にした素振りもない。

そのリカルドの視線が隣の王妃へと向けられる。

「義姉上」

どうか王を止めてくれと言わんばかりのリカルドの呼びかけに、王妃もにっこりと微笑む。

「あら、二人のなれそめは私も聞きたいわ。いいじゃない、いつも仏頂面のあなたが、こんな可愛らしい奥方とどこでどう出会ったの？」

兄相手に凄むことはできても、王妃相手にはできないらしい。

ぐっと黙り込むリカルドの様子から、この三人の力関係をなんとなく理解しつつシャレアは察する。

ああ、多分これはそれっぽいことを言わないと解放してもらえないパターンだな、と。

けれど本当に話せるようなことはないのだ。

唯一話せるとしたら……このままではリカルドの眉間の皺が深く刻まれたまま消えなくなってしまっては困ると、シャレアは躊躇いがちにその口を開いた。

「……私がデビューして間もなく参加した、舞踏会でお会いしました。人混みに疲れてバルコニーで休んでいたところ、リカルド様がそちらにいらっしゃって……」

その時リカルドが高位貴族令嬢に追いかけられていたことは黙っておこう。

そういえばあの時の令嬢はどうしているのだろう。

当時も既に適齢期を越えかけていたのだから、さすがに今は諦めて他の人の元へ嫁いでいるとは思うけれど、とそんな余計なことが頭をよぎった。

「その時はそれだけだったのですが、また後日同じようにバルコニーでお会いしました。お恥ずかしくも、私はしつこい求婚者に追われておりまして……リカルド様に救っていただきました。また、その時に涙ぐんでいたせいか、ハンカチをくださったのです」

「なんと！　この朴念仁がそんな気の利いたことをするとは！」

王と王妃が心なしか前のめりになる。

そんなに熱心に耳を傾けられると恥ずかしい。気のせいか、自分の横顔にもリカルドの視線が刺さっている気がするし。

でもあの時のことを思い出すと、鮮やかに蘇る記憶がある。

「青い瞳が、とても綺麗だと思いました。よく晴れた空の色に、星が瞬いているみたいで……」

そうだ。シャレアは彼の容姿に見惚れたが、それ以上に惹かれたのはその瞳だ。

そして。

「……お優しく、可愛らしい方だとも思いました。その……恐れ多くも、少年のような純粋さをお持ちのような……いただいたハンカチは、今も大切に持っています」

しまった、と気付いたのはこの時だ。

こんなことまで言う必要はなかったのに、余計なことまで口にしたことに気付いて、慌てて顔を上げればシャレアを見つめる王と王妃の二人の瞳が随分と優しく和らいでいる。

チラと隣へ視線を向ければ、そこでは気恥ずかしそうに目元を赤らめている夫の顔もあって……そう、リカルドまで驚くほどに顔を赤くしていたのだ。

「あ、あの……」

この場合、詫びるべきなのだろうか？

でも何に対して？

ペラペラと余計なことを喋《しゃべ》ってすみません、と？

シャレアの考えが纏まらないうちに、先に口を開いたのは意外にもリカルドの方だった。

「……笑顔が……」

大きく目を見開くシャレアの前で、彼は言う。

彼女の知らなかった事実を、無愛想な表情で、変わらず目元を染めたまま。

「…………その時の、あなたの笑顔が……忘れられなかったんだ」

そして沈黙が落ちた。

（……笑顔？　誰の？　……私の？　えっ……でも、私が彼の花嫁に選ばれたのは、家柄が良いからだって……でも……）

今のリカルドの言葉を信じるなら、家柄だとか何だとか以前に……あの時から気にしてくれていたことになる。

今度、食い入るようにその横顔を見つめるのはシャレアの方だ。

何かを言いたくて、でも何を言えば良いのかすぐには思いつかなくて、口をぱくぱくさせながら、顔は燃えるように熱い。

賑《にぎ》やかな国王夫妻の笑い声が響いたのはその時である。

「そうか、そうか。何とも聞いていて面はゆい、私の方が照れてしまいそうだ」

「ええ、本当に。若い方の恋話は、こちらの心まで若返らせてくれるよう」

「だが安心した。リカルドの見目《みめ》に心を奪われる令嬢は多いが、あなたはそれだけではなく、僅かな出会いの中から弟の内面を自然と感じ取ってくれたのだな。シャレア殿、どうか弟を頼む。無愛想で無表情で朴念仁な女嫌いだが、心根は純粋で優しい、大切な弟だ」

「結婚おめでとう、二人とも。どうかいつまでも仲良く幸せにね」

「できることなら、なるべく早く甥《おい》か姪の顔を見せてくれると嬉しい」

ドキッとした。王は冗談のつもりなのだろうが、シャレアにとってはなかなかに刺激的な言葉だ。

そしてそれはリカルドにも同じだったらしい。

「兄上。気が早すぎます」

咎める声には少なからず照れが含まれていて、それが微笑ましいのか国王夫妻がクスクスと笑う。

ここで舞踏会の開始時間が近づいていることを理由に王と王妃の前から辞したが、シャレアの足元はずっとふわふわとしていてまるで雲を踏んでいるような気分だった。

どういうことだろう。自分は子どもを産むために求められたのではなかったのか。

女嫌いの彼が、血筋は良いけれど立場の弱い家の娘を金で買い上げ、援助という言葉で従わせた花嫁ではなかったのか？

だけど既にシャレアだってなんとなく判っている、リカルドがそんな理由で女性に結婚を迫る男性ではない、と。

じゃあ、あの時のマーカスの言葉は何だったのだろう。

愛されることを期待するな、煩わせるな、求められていることは子を産むことだけだと言い切った、あの時の言葉は？

（だけどそれはあくまでもマーカスが言ったことで……リカルド様の口から直接聞いたことではない……）

もしかして何か、行き違いがあった？

舞踏会会場へ入るとすぐに多くの人々に囲まれ、あれやこれやと話しかけられたが、シャレアの頭の中を占めるのはこのことばかりだ。

それでも人々に笑顔を浮かべ、当たり障りのない言葉を返し続けることができた自分を褒めてやりたい。

話しかけてくる人々の多くは漏れなく好奇心が宿り、そのいくつかには悪意や嫉妬もあったけれど、そんなことさえ今のシャレアには気にならなかった。

やがて押し寄せてくる人の波がいくらか落ち着いた頃、会場内に聞き慣れた音楽が流れ始める。

「シャレア」

傍らで名を呼ばれ、顔を上げた時バサリと衣擦《きぬず》れの音がした。

自分の許《もと》で長い上着の裾を翻して跪くリカルドの姿がある。

ひどく様になるその姿に、大きく目を見開いた直後目前に手を差し出されて……それで気付いた。

これはダンスの申し込みだと。

周囲で音楽をかき消すほどのざわめきが起こる。

無理もない、シャレアが知る限り、リカルドがこういった場で女性にダンスを申し込む姿を初めて見た。

そしてそのダンスの申し込みを彼は今、自分にしているのだ。それも正式な手順に則《のっと》って。

胸に広がるこの気持ちを、なんと表現すれば良いのだろうか。

判らないまま、シャレアの顔に花が咲きこぼれそうなほどの笑みが広がる。

彼の手を取った。その手を握り返され立ち上がったリカルドの目前で、今度はシャレアの方がドレスの裾を広げるように膝を折って頭を下げる。

そうして手に手を取ってダンスホールの中央へ向かうと改めて向かい合い、ごく自然に身を寄せて音楽に身を委ねるように躍り出した。

二年ぶりのダンスが上手にできるか少しだけ不安だったけれど、どうやら身体は覚えていたらしい。

元々ダンスは好きな方だった。その上相手は素敵な旦那様とあって、シャレアの足取りは自然と軽くなる。

笑顔はますます深まり、はにかみながらも嬉しそうに笑う彼女の笑顔にリカルドの口の端も綻ぶ。

……それまでハワード伯爵令嬢は、跡取りを得るための人身御供《ひとみごくう》だと噂している貴族達も多かったが、こんな二人の姿を見ては黙るしかないのだろう。

もはやざわめきは消え、この場にいる殆どの人々の視線が二人へと注がれて、そしてダンスの終わりとともに大きな喝采が上がる。

その場にいる全ての人に祝福してもらったような気がして、とても楽しくて、幸せだと感じた。

ほんの僅かでもリカルドの心に触れられた気がしたし、自分が少しは彼に望まれて結婚したのだと思うこともできた。

リカルドの意外な照れ顔を見ることもできたし、国王夫妻にも会え、そして彼の静かで穏やかな笑みを目にすることもできた。

そのまま終われば、シャレアは幸せな気持ちのまま眠りにつくことができただろう。

それなのに……やっぱり、何事も全て上手く行くということは、ないらしい。

「ダンスで疲れただろう。飲み物を取ってくる、ここで待っていてくれ」

「はい」

ほんの僅か、リカルドがシャレアの傍から離れた時だった。

まるでその機会を狙っていたかのように二人の令嬢たちが近づいてきて、シャレアの近くで雑談をするフリをしながらこう言ったのだ。

「ちょっとちやほやされたからって調子に乗って恥ずかしいこと」

「ええ、本当に。どうせ子どもができなければ捨てられる立場のくせに」

その二人には見覚えがあった。

二年前リカルドの後を追い回していた令嬢たちだ……いや、明らかに二十代半ばにさしかかっている彼女たちは令嬢というには少し薹《とう》が立っているだろうか。

もうさすがに嫁いでいるだろうと少し前に考えていたけれど、彼女たちのドレスのデコルテは大き

く開き、肩まで露わになった露出の高いものだ。

多くの貴族令嬢は結婚すると、デコルテの開きを控え、露出を抑えめにしたドレスへとデザインを変える。人の妻となると女性としての魅力をアピールするよりも貞淑さを求められるからだ。

ということは恐らくまだ、未婚なのだろう。高位貴族令嬢がこの年齢で未婚なのはちょっと考えにくい……まさか今もリカルドを追っているのだろうか、と嫌な気持ちと不安に心が揺れた時だ。

「ねえご存じ？　少し前に似たような立場で格上の貴族家に嫁いだ方がいらっしゃったけど……二年経っても子どもを産めなくて、結局捨てられてしまったのですって」

「ええ聞いたことがあるわ。離縁されても今更家には戻れないから、路頭に迷って……結局三十も年上の貴族の愛人に収まったんですってね」

「あの時も結婚当初は我が物顔で振る舞っていらっしゃったけれど、行く末は惨めなものよね」

「本当に。恥ずかしいったらないわ。……その方と同じ道を歩まなければ良いけれど」

あくまでもシャレアと良く似た境遇の別人の噂話をする体で、クスクスと悪意ある笑い声を漏らしながら二人の令嬢は離れて行く。

直接嫌味《いやみ》を言われたわけでも罵倒されたわけでもない。普段のシャレアなら聞き逃せる程度の嫌がらせだ。

それなのに。

『子どもができなければ捨てられる立場のくせに』

昂揚《こうよう》していた気分が一気に冷えていく感覚に手が震えた。

そこへ手にシャンパングラスを持ったリカルドが戻ってくる。差し出されたグラスを「ありがとうございます」と笑顔で受け取った。

そのはずだったのに。

「……どうした。何かあったか？」

「えっ……べ、別に何も……」

「嘘を言うな。……真っ青な顔をしている」

自分で自分がどんな顔をしているか判らない。ただ胸を高鳴らせた時とは違う意味で心臓がドクドクと嫌な鼓動を打つ。

冷や汗が滲《にじ》み、足元がふらつく思いがした。

カタカタと小刻みに震え出すシャレアの手から、リカルドが渡したばかりのグラスを取り上げて近くを通りかかった侍従に返したのはその時だ。

「……リカルド様……？」

ぎこちなく顔を上げると彼の両腕がシャレアの身を横抱きに抱え上げる。

再び周囲で小さなざわめきが起こった。

驚いて目を瞬かせるシャレアの耳に、リカルドの低い声が届く。

「帰ろう。何があったか知らないが、休んだ方が良い」

「で、でも……」
「兄上への義理は果たした。もう充分だ」
そうかもしれない。今中座しても、きっと誰も責める人はいない、表向きには。
だけど……せっかく楽しいと思ったのに。
大股に会場の外へ向かって歩き出すリカルドに運ばれながら、ぎゅっと唇を噛みしめたシャレアは
そのまま彼の肩に手を回すと、ぎゅっと縋り付いて目を閉じた。
『あなたには我が主、リカルド・ロア・バルド公爵閣下の許に嫁ぎ、最低二人の男児、つまり後継を
産んでいただきたい』
その言葉を初めて告げられた時は、それほどショックは受けなかった。
この状況から救われるなら、有り難いとすら思った。
『あなたに望まれているのはリカルド様の後継を産むことだけです。決して愛されたいなどとつまら
ぬ欲を抱いてはなりません』
なのに今、あの時の言葉が鋭い楔のようにシャレアの胸を穿つ。
(もし、本当に授からなかったら……? そうしたら、私はこの人とお別れをしなくてはならないの?)
公爵邸へ向かう馬車に乗り込んでも、シャレアの身体の震えは止まらなかった。

一体どうすれば良いのだろう。

公爵邸へ戻り、侍女達の手を借りて温かな湯の中に身を委ねながら考えた。

必ず子を産む、という約束で嫁いだが、必ずそれができるという保証はない。

それで本当に跡取り息子を授かることができるのなら、多くの貴族夫人が特有の重圧とプレッシャーから解放されているだろう。

子が授からない責任は女性側が負う場合が多く、三年経っても子が産めない場合は一方的に離縁されても文句は言えない、という暗黙の了解すらあるのだ。

先ほどの令嬢達の会話も、それに基づくものだろう。

シャレアだって三年経ってもまだ子が授からなければ、どうなるか判らない。

婚前契約ではもし子が授からなかった場合については何も定められてはいなかったが結婚生活を保障する要項もなかった。

結婚前は、その時はその時で仕方ないと思っていた。こればかりは神様に任せるしかないと。

だけど今は、それでは困る……だってリカルドと離れたくない。

なら、シャレアができることは一つだけだ。

とにかく子が授かるように努力すること。そのためにできることはする、それしかない。

この時シャレアの頭の中に蘇ったのは、友人達との会話の内容だ。

年頃の娘が三人集まれば、それ相応に卑猥《ひわい》な話にもなる。

その中には、夫婦の行為の中では妻も受け身になるだけではなく夫をその気にさせるためにより積極的になった方が良い、という話題もあった。

(今までずっと私は受け身だったけれど、それだけでは駄目なのかもしれない……)

三ヶ月が過ぎてまだ懐妊の兆候の欠片《かけら》もないのだ。

可能性があるなら、羞恥は捨ててやるべきことはやる方が良いに決まっている。

「……ねえ、アマリア。今夜は香油を変えたいの。ムスク系のものがあったでしょう?」

疲れた身体を丁寧に解してもらい、あとは香油で肌を整えて終わり、という段階で告げたシャレアの希望に、アマリアは一瞬目を丸くした。

これまでシャレアが香油の種類に注文をつけたことはなく、香りもローズやリンデンなどの甘めの爽やかなものを好んでいたからだ。

それがムスク、という官能的な香りで知られているものを名指ししたのだから、その意図は察するにあまりある。

意外そうなアマリアの反応にシャレアの肌が耳や首筋まで赤くなった。

他の侍女たちも露骨に態度に出すことはなかったが、そのリクエストの内容で理解したはずだ。

「舞踏会からお帰りになられたばかりで、お疲れではございませんか?」

「……途中で切り上げてきたから、それほど疲れてはいないわ。時間だって、まだそんなに遅くないし……」

アマリアの問いにしどろもどろになった。

それに対する返答は、侍女全員からの応援するような笑みだ。

「承知しました。お任せください、香油の種類は使い切れないほどたくさんありますから、奥様の肌に合うものをすぐにご用意しますね」

その言葉どおりアマリアは官能的な、けれどシャレアが背伸びしすぎない程度に柔らかな香りを選び、丁寧に肌の手入れをしてくれた。

その香りに自分でもくらっとしたから、リカルドにはより強く感じるかもしれない。

普段とは違う匂いを纏い、寝姿となってシャレアは夫婦の部屋に入る。

先に寝てしまったかと少しだけ心配していたが、リカルドはまだ起きて待っていてくれたらしい。

「具合はどうだ？　あまり無理をせず、今夜は早く休んだ方が良い」

どうやら今夜の彼は妻を愛《め》でる意志はないらしく、ごく自然に休養を勧めてくる。

会場で真っ青になってリカルドに抱えられながら屋敷へ戻ったのだ。彼がそう言うのも当然のことだ。

だが今のシャレアはとてもではないがゆっくり休んでいる暇はない。

冷静に考えればこればっかりは焦っても仕方ないし、急ぐよりはきちんと体調を整えた上での方が良いことは明らかで、一日や二日でどうにかなることではない。

判っているけれど、焦りを抱いた今のシャレアはとてもではないが落ち着いてのんびりと休める気分にはなれなかった。

とにかく子どもを作らなくては。

一日でも早く。

自分のために子どもを望むなんて母親失格だと言われるかもしれないが、もちろん生まれた子どもは大切にするし、注げる最大の愛情を持って育てるから許してほしい。

そのためにも、身籠もる可能性をできる限り高めなければならない。

「シャレア?」

その時、リカルドがくん、と匂いを嗅ぐ仕草を見せた。強い香りは逆に悪臭となるので、そうならないように調整してもらったつもりだが、近づけばやはり普段と違う匂いがするらしい。

「この匂いは……ムスクか?」

問われてシャレアの顔が赤くなる。その意図を見透かされた気がして、身の置き所がない。

こんな、匂いからして露骨に誘うような真似は普段の彼女には絶対にできないことだ。

だが今は、なりふり構っていられない。

だって先ほどからずっと頭の中で同じ言葉が響いているのだ。

『子どもができなければ捨てられる』と。

どうして自分はこんなにリカルドと離れたくないと思うのだろう。

こんな、いつもの自分らしくない真似をしてまで、どうして……

「……シャレア。何かあったのか？」

どこか思い詰めた妻の姿にリカルドも気付いたらしく、様子を窺うように顔を覗《のぞ》き込んでくる。

見つめられるとそれだけで心臓の鼓動が激しく跳ね上がった。

以前割り切れていたことが、今は割り切れない。

高まる鼓動と、昇る血液にくらくらとしながら必死に己を保とうとするシャレアの脳裏に、また別の言葉が蘇る。

それは少し前、王の前で彼が呟くように口にした言葉。

『あなたの笑顔が……忘れられなかったんだ』

心の中に響くようなその言葉を改めて思い出すと、もう駄目だった。

視界が潤む。感情が高ぶる。自然とシャレアはリカルドへと伸ばした両手で彼の片手を包み込み、溢《あふ》れ出る気持ちのままに訴えた。

「リカルド様……私……あなたの子どもが、ほしいんです……」

「……」

驚愕《きょうがく》に目を見開く彼の手から両手を離すと、その胸を押した。

ぐいぐいと押す彼の後ろにあるのは夫婦の寝台で、驚きすぎたリカルドは抵抗する様子もなく押されるがままに一歩二歩と後ろに下がり、やがて足が寝台の端へとぶつかる。

「……えっ？」

彼が間の抜けた声を漏らしたのは、さらにシャレアがその胸を押して彼の身体を後ろへと傾《かし》がせた時だ。

彼女の力などリカルドがその気になれば容易くはねつけることができるだろうに、虚を突かれたのか、殆ど何の抵抗もなく後ろの寝台へと倒れ込んだ彼が体勢を立て直す前に、その身体の上へと乗り上がる。

「……シャレア？」

この短時間で、彼に何度名を呼ばれただろう。

低く耳朶に触れるその声に胸の奥が甘く疼く。同時にわけもなく泣きたくなるような気持ちを抑え、シャレアは彼の腰を跨《また》ぐ姿勢で両足を開くとその下腹部に腰を落とした。

「……っ」

息を詰めたのはどちらが先だったか。ぎし、と僅かに軋《きし》む寝台のスプリングを感じながら、引き寄せられるように自らリカルドの唇に己の唇を寄せた。

今は結い上げていない癖のない亜麻色の長い髪が肩から流れ落ちて、二人の顔の両側をカーテンのように覆い隠す。

しかしその内側では確かに触れ合った唇が、柔らかな感触とともに温度を分け与えて、二人の吐息を短く、浅く、そして熱いものへと変えていく。

「……シャレ……」

きっとリカルドは、何があったのか、どうしたのかと根気よく尋ねようとしたのだろう。

彼女の様子が、いつもと違っているから。

でもシャレアは彼の言葉を最後まで言わせずに、再び唇を重ねる。

そのキスは先ほどと同様にぎこちないものではあったけれど、これまでリカルドから与えられた経験を反芻《はんすう》しながら濡れた舌を伸ばし、僅かに開いた彼の唇の間に差し込むと、あっけないくらい簡単にその内側に忍び込むことができた。

リカルドが自ら口を開いて受け入れてくれたからだ。

「ん……ふ、んぅ……」

シャレアの小さな舌が辿々《たどたど》しく彼の舌に絡みつき、吸い上げる。

いつもは受け止めるだけで精一杯だった口付けが、自分から仕掛けることによってこれまでとまた違った興奮を覚え、シャレアの呼吸を乱れさせた。

（……キスの後は、どうするんだったっけ……）

女性からこんなふうに迫るなんてふしだらだ。でもそのふしだらなことを自分がしていると思うと、奇妙な背徳感と共に、身体の芯がぞくぞくとするのはなぜだろう。

（確かリカルド様は唇を重ねた後、首筋や胸元にキスを移動させていたわ）

シャレアが今行うことは、以前自分がリカルドにされたことの反復だ。

彼にとっては皮肉なことだが、過去の自分が仕掛けられたとおりに頬に口付け、耳朶を食み、首筋へと舌を這わせると、リカルドが声もなく喉を仰け反らせる。

その呼吸が荒い。自分の身体の下で、いつもは隙のない落ち着いた物腰のリカルドが僅かに息を乱れさせ、肌を上気させ始めている様を見て、シャレアの興奮はますます高まっていく。

なんとなくリカルドが自分を攻める時の気持ちが、少しだけ判ったような気がした。

彼の手が伸びてきたのはその時だ。

「あっ……」

ひとまずこの状況で理由を問《と》い質《ただ》すことは諦めたのだろうか。それともシャレアが仕掛ける拙い情事に反応したのか。

リカルドの手はシャレアの寝間着のリボンを解くと袷《あわせ》を広げてその上半身を露わにさせる。

薄い生地の下からこぼれ出た乳房を下から掬い上げるように掴んだ彼の両手の指が、真っ白な肌の柔肉に食い込んでその形を淫らに変えた。

揺らすように、絞り込むように。都度様々な力加減と、変化する指の動きにシャレアの肌はあっという間に胸元まで淡く色づいていく。

「あっ……だめ、リカルド様……」

ぎゅうっと、両方の胸の先を強く捻《ひね》るように摘まれた。

既に芯を持ち立ち上がり掛けていたそこは触れられることによってさらに硬く尖り、真っ赤に充血する。

ビリビリと痺れるような快感に肩を竦めながら身を仰け反らせた時、まるでそれを咎めるように胸から離れ、背に回ったリカルドの両手に引き寄せられて、上体が前に倒れた。

「あ、あっ、ぁあん……っ」

前屈《まえかが》みの姿勢になることで普段よりもボリュームを増し、綺麗な釣り鐘型を描く乳房の片方へと彼がしゃぶりつき、その先端を吸い上げる。

判りやすい甘い刺激と、胸の奥を刺すような疼き、そして腰に響く官能に襲われて、シャレアは大きく息を乱れさせ、腰を震わせた。

尖って敏感になった乳嘴《にゅうし》を強く吸われるのが気持ち良い。

時折硬い歯が当たり、かと思えば対照的に柔らかな舌に舐められて、びく、びくと肩や腰が跳ねるのを止められない。

今やはだけた寝間着は腰の辺りまで落ちかかり、気付けばリカルドの胸の袷も綻んでその下の肌が露わになっている。

「あ、ん、あぁあっ……あ、ぁ………っ」

こんな、男性を女性の方が組み敷くなんて、ふしだらなことをしている。

そう思えば思うほど肌が熱くなり、汗が珠を作って滑り落ち、リカルドの胸に落ちる。

一つ、二つ、三つと。

されるがままでは駄目だと、自分が気持ち良くなるのと同じかそれ以上に彼にも気持ち良くなってもらわなくてはと、快楽で力が抜けそうになる両腕を突っ張って自分の胸からリカルドを引き離す。

今度は逆にシャレアの方が彼の胸元の乱れを広げ、そこを露わにし……そして思わず熱い吐息を漏らした。

色の濃い肌に逞しく引き締まった胸筋、腹筋は自分にはないものだ。

けれど二つの小さな乳嘴は自分と同じように存在していて、シャレアが恥じらいを堪えながら指でそっと弄ると、リカルドの肩が僅かに揺れた。

（……男の人でも、ここは気持ち良く感じるの？）

手の平全部を使って彼の胸の肌を撫でる。汗で滑るけれど、それもまた刺激になるらしい。

指先でくりくりと弄ると、小さくとも自分と同じように立ち上がるそこに舌を伸ばして舐め取れば、

「……っく……」

僅かに息を詰める声と、彼の腹筋に力が入るのが判った。

今の姿勢では上手に舐めるのが難しいと、彼の下腹に座り込んでいた腰をさらに下肢の方へと下げれば、跨がるシャレアの両足の間に硬く膨らんだ何かが当たる。

しとどに濡れた自分の秘部が彼のそこと重なり合って、間を隔てるリカルドの寝間着の生地に淫らな染みを広げた。

「……熱い……っ……」

一枚布を挟んでいても、彼のその場所が熱を持っているのが判る。

いつもこの熱く硬いもので自分の中が暴かれているのだと思うとそれだけで淫蕩《いんとう》な気分になるシャレアは、自分で思うよりずっと淫らな女だったのかもしれない。

溢れ出た愛液は腿《もも》まで濡らし、内側がひくりひくりと激しく蠕動する。痛いくらいに。

リカルドの大きく膨らんだそこも窮屈で苦しそうだ。

ほんの一瞬だけ躊躇った後、彼女の手が彼の下穿《したば》きの縁へかかる……そのまま、引きずり下ろそうとしたその時だった。

「あっ……?」

気がつくと、手首を掴まれていた。その先を阻むように。

ぎこちなく視線を彼の顔へと上げると、リカルドの青い瞳がまっすぐにこちらを見ている。

その瞳には確かな欲情と共に、まだ理性が宿っていて、視線が合ったその途端にシャレアは冷水を浴びたように自分の頭から血の気が引く思いがした。

自分のしたことが、殆ど相手の意志を無視した暴力に近い行いだと自覚したのはその時だ。

咄嗟に身を引き逃げ出そうとしたが、リカルドは掴んだシャレアの手を離さず、その上体を起こしてくる。

ぐっと目前に逞しく大きな身体が近づき、対面になる。

青い瞳を前に、いたたまれない思いでぎゅっと目を瞑ると身を竦めた。

「シャレア」

「……っ……ご、ごめ……ごめんなさ……」

いくら夫婦とはいえ、やって良いことと悪いことがある。

自分が焦りすぎてそのしてはならないことをしていたのだと理解した時、シャレアは失望を隠すことはできなかった。

もちろんその失望は自分自身へ向けられたものだ。

「……ごめんなさい……！」

詫びたところでそれで許されるはずもない。あまりにもいたたまれなさすぎて、転げ落ちるように彼の上から退こうとする。

が、それは叶わなかった。それよりも早くにリカルドが彼女の身を抱き締めたから。

「何があった？　理由を教えてくれ、シャレア」

リカルドとて、元からシャレアが積極的な女性なら気にしなかっただろう。

欲望を刺激されれば抗うのは難しいし、夫婦の間のこと、流されても問題はない。

しかしあまりにも普段とは違う彼女の行いに、心配の方が勝ったらしい。

優しい人だ、と思った。無口で無愛想だから誤解されやすいだけで、彼の本質はとても優しい。

そう思うと余計に焦って申し訳ないことをしたと、視界が潤む。

俯くシャレアに彼は言った。

「私の、子がほしいと言ったな？　……それが本心なら、もちろん嬉しいことだが」

「も、もちろん本心です……！」

そこは疑ってほしくないと、思わず顔を上げる。

するとまたリカルドと目が合って、その静かに問いかける眼差しに再び俯いた。

「あなたのその言葉を嘘だとは思わない。だが……何かひどく焦っているように見える」

図星だ。確かに焦っている。否、焦ってしまった、今夜は特に。

「もしや、陛下の言葉が原因か？」

「えっ」

思わぬ問いに目を丸くして、再び顔を上げてしまった。

何のことかと思ったが、そういえば確かに王に目通りした帰り際に「早く甥か姪の顔を見せてくれ」とかなんとか言われた気がする。

「違います、そうではなくて……」

「なら、私が早く跡取りを産まなくてはならないと、知らぬ間にあなたにプレッシャーを掛けてしまったのだろうか」

「……」

それは否定できない。

今夜、彼が元から好意を持ってくれていたのだと知れて嬉しかったが、嫁ぐ先が高位貴族であればあるほど子を望まれるのは当然のことである。

それに……実家への援助の条件に「子を産むこと」が盛り込まれていたことも原因の一つ。

だが一番の原因はそうじゃない。もっと利己的な理由だ。

「シャレア、私はあなたが胸に秘めていることを察することができるほど、気の利いた男ではない。……だから、できれば言葉にしてほしい。きちんと、あなたの話を聞くと約束するから」

真摯なその言葉に、とうとう涙がこぼれ落ちた。

せっかく我慢していたのに、一度溢れてしまうと止まらなくなってしまう。

シャレアは涙で人の情に訴えるやり方はあまり好きではない。泣いて自分の我を通そうとするようなずるさを感じてしまうからだ。

だが今は、その涙を止める術が思いつかなかった。

「こ、子どもが……」

「ああ」

「子どもが、産めないと……あなたに、捨てられて、しまうと思って……」

「…………」

一瞬リカルドが黙り込む。それから彼は言った。

「誰かにそう言われたのか」

「……会場で、他のご令嬢に……それに……子どもの産めない妻は、離縁されても仕方ないですから」

溜息が聞こえた。ビクッと肩を震わせて身を竦めたシャレアの身体が抱きしめられたのはその時だ。

「リカ、ルド様……」

素肌と素肌が重なる。剥《む》き出しの胸が彼の胸に潰されて形を変える。

直に伝わる温もりと感触にまた泣きたくなって、彼の肩に額を押しつけるとその背に両腕を回した。

シャレアの耳に彼の低い声が聞こえたのはその後だ。その声は少しばかりやるせなさを含みながらも、穏やかで優しい。

「子どもは、もちろん授かったなら産んでほしい。だが、授からなかったとしてもあなたと離縁するつもりはない」

「……本当に？　でも私、そのために……」

「……私があなたに結婚を申し込んだのは、跡取りの問題もあるが、それ以上に……あなたが妻にほしいと思ったからだ。陛下たちにも言っただろう？　……あなたの笑顔が忘れられなかった、と」

確かにそう言っていた。

その言葉が、とても嬉しくて、恥ずかしくて、でもやっぱり嬉しくて、シャレアの心を大きく揺らしたのだ。

「世の中に子がいない夫婦などいくらでもいる。その夫婦が全て別れているわけじゃないだろう？　夫婦の形は一つじゃないし、跡取りのことだって手段がないわけじゃない」

肌に触れるリカルドの体温が、涙が出るほど温かい。

「周りは子の存在をあれこれと言う者が多いが、私自身は正直なところそこまで拘ってはいないんだ。

あなたも、私の幼少期の話は知っているな？」

幼少期。実母に虐待に近い扱いを受けていたという話。

無言のまま小さく肯けば、リカルドは過去を思い出すようなどこか遠くを語る口調で言った。

「前王や王妃陛下、そして兄のおかげで私は家族の温かさを知ることができたが……本音を言えば、自分が我が子とどう接して良いのか上手くイメージを持つことができない」

それは本当の気持ちなのだろう。今でこそ終わったことのように語られているが、虐げられた影響が綺麗に消えるかというとそうではないだろう。

特に幼い頃に、自分の力ではどうすることもできない環境の中で与えられたものは、そのまま彼の心に根深い影響を残しても不思議ではない。

「だがあなたは初夜に私に訴えただろう。母親として我が子と関わりたい、と」

「……はい」

「その言葉を聞いて、安心したんだ。あなたは我が子を慈しみ守る人だろう。私にもきっとその接し方を教えてくれる、我が子に同じ経験をさせることはないだろうと」

軽く瞠目した。リカルドがあの時そんなことを考えていたなんて思っていなかった。

「だが私にとっての優先順位はまず子どもよりもあなただ。……だから……上手く言えないが、気負いすぎないでほしい。子がいればいるなりに。いなければいないなりに暮らせば良いのだから」

その言葉を聞いた途端、ぼろっと大粒の涙が溢れ出た。

素直にホッとした。子ができなかったら捨てられると思い詰めてしまったけれど、リカルドは子ども以上にシャレアが必要だと言う。

「どうか泣かないでくれ。あなたに泣かれると、どうして良いか判らなくなる」

ぽろぽろと涙が止まらないシャレアの眦に口付けが落ちる。

優しいキスにまた涙を零しながらシャレアはより強く彼に抱きついた。

選択の余地などない結婚だと思っていたけれど、今心から、この人と結婚できて良かったと、そう思った。

そして義務だから産むのではなく、リカルドの子だから産みたい、とも。

「……私、やっぱり……あなたの子がほしいです……」

涙に濡れた睫を上げて、囁くように訴えた。

そうして、殆ど無意識で腰を揺らす。自分の秘部と重なった彼のそこは未だ大きく膨らみ硬度を保ったままで、シャレアのそんな動きにさえ、びくっと僅かに跳ねる動きが伝わってきた。

「……駄目、ですか……？」

こんなことを女の方から望むなんてはしたないと思う。

だけど……身体が熱い。そしてそれ以上に心が高揚している。

今、心から彼と一つになりたいと思うことは、いけないことなのだろうか。

訴える眼差しを向けるシャレアに、リカルドはその美しい顔にいささかばつの悪そうな表情を浮かべて言った。だいぶ、言いにくそうではあったけれど。

「……私が途中で止めたのは、あなたの様子が気になったからで…………駄目なんてことは断じてなく、あなたさえ良いのなら……」

「リカルド様……！」

彼の名を呼んだ。その声は、自分で聞いても欲情した女の声だと感じた。

恥ずかしくてたまらないけれど、彼女のそこはまだ潤ったまま、意識するだけで切ないくらいにうねってしまう。

互いの胸が重なったままの間近な距離で二人は再び視線を合わせ、それからどちらからともなく唇を求めたのはその直後のことだ。

「ん、んぁ……」

深く唇が重なり、ぬるりと舌同士が絡み合う。

求め合うまま、言われるまでもなく口を開いて舌を差し出せば、その舌を強く吸われて顎の奥が痺れるような愉悦が背筋を駆け抜けた。

そうしながらびくっと腰が揺れたのは、リカルドの片手が彼の腰に跨がるシャレアの秘部へと後ろから触れてきたからだ。

大量の蜜をこぼし、しとどに濡れたその肉襞を割り、繊細な花の芽や入り口を探る彼の指は慎重でありながら大胆で、すぐに彼女の内側へと指が押し入って、泥濘《ぬかる》んだシャレアの中を掻《か》き分けてくる。

ただそれだけで言葉にできない快感が頭のてっぺんに向かって突き抜けた。

「ん、んん、んっ！」

「すごく濡れている……これならすぐに入りそうだ。いいだろうか？」

「は、い……」

むしろ早く、来てほしい。

ひっきりなしに締め上げるシャレアの中から指を引き抜いた彼が、彼女の腰を少し持ち上げて膝立ちにさせる。

てっきり押し倒されるのかと思っていたが、対面坐位《ざい》のまま身を繋げるのは初めてだ。

すぐに下穿きから緩められたリカルドの雄芯の先に秘部を擦られて、ビクッと腰をひくつかせる。

「……こ、このままで？」

「ああ。ゆっくり腰を落として……そう」

言われるがままに立てた膝を崩して腰を落とす。すると、宛《あて》がわれた彼自身が秘められた場所へとずぶずぶと埋まってくる。

いつもと違う角度と体勢に擦られる場所が変わって、ぶるっと身震いすると、その弾みで完全に膝が崩れて腰が落ち、互いの秘部が密着した。

「ああぁっ……！　いつも、より深い……気がします……」

「深いのが好きか？　あなたの中が、強く縋り付いてくる……」

ゆさ、と腰を揺すられて思わず喉を晒すように仰け反った。

「あぁん！」

奥が痙攣するように小刻みに蠕動しているのが判る。

じっとしていられなくて無意識に腰がくねると、リカルドの喉からも感じ入った吐息が漏れ、二人はどちらともいわずに艶《なま》めかしく腰を動かし始めた。

「あ、は、あぁ……あぁっ！」

これまでとは明らかに、感じ方が変わっていた。

ゆるゆると腰を回すように動かすと、リカルドの肉茎が内側を撹拌《かくはん》するように動き、思いがけない場所を刺激される。

それと同時に膨らんだ陰核が彼の下腹で擦れ、それもまた頭の芯を痺れさせるほど気持ち良い。

また互いに重なった胸も彼の肌に擦られて、チカチカと視界が明滅するくらいの官能にシャレアはひっきりなしに甘い声を上げた。

もはや初めての夜のように何も知らない乙女だった頃の彼女はおらず、覚えた快感を必死で追いかける女がいるだけだ。

リカルドも自らの腕の中で甘い声を上げ、素直に反応する彼女にすっかり夢中になって、シャレアの身を押し倒して寝台に押しつけながら片足だけを高く上げ、ガツガツと奥を穿つ動きへと変わっていく。

「あっ、あ、あ、ああ、あぁっ‼」

「は、良い、あなたの中が、吸い付いてくる……頭がおかしくなりそうだ……」

ゴリゴリと奥といわず側壁といわず、彼自身の長大な肉塊で全てを使って刮《こそ》ぎ上げるように突かれるたび、内に収まりきらない体液が白く濁って吹きこぼれるように結合部から溢れ、二人の肌を濡らす。周囲に響く音や漂う匂いは男女の情交を色濃く表し、それらもまた二人の感度を押し上げていくようだ。

繋がった場所がうねる。痙攣のようにわななないて止まらない。

抉るように擦り立てられて、暴力的な刺激が手足の先にまで駆け抜ける。

後から後から溢れ出る愛液は乾くことなく、二人の交わる動きを助け、より深い法悦へと導く。

「あつ、熱い、すごく、リカルド様、気持ちい、あぁん！」

「あなたの中だって、火傷《やけど》しそうなほどに熱い……」

「はうっ！」

突かれるたび、軽く達するような感覚がした。連続で立て続けに襲ってくる快感は、シャレアから慎ましさだとか奥ゆかしさだとか、そんな淑女としての振る舞いを全て奪い取ってしまう。

気がつくと四《よ》つん這《ば》いになって、腰を高く上げる獣の交尾のような姿勢にされ、恥ずかしくて堪らないのにそうするとまた当たる場所が変わってシャレアから高い声を上げさせる。

特にある一点を重点的に擦られると、中が溶けるような深い快感に襲われて腰がガクガクと震えた。

「ふ、あっ、うぅんっ！」

それはリカルドにも伝わったらしい。

何しろそこにある彼自身を強く締め付け、複雑にうねり、さらには内側へ引き込むように強く吸い上げるような動きをするのだ。

一緒に最奥の凝った子宮の入り口を抉るように小突かれるとより一層シャレアの声は高くなり、シーツを掴むその両手に渾身《こんしん》の力がこもる。

「あ、ああ、あっ、だめ、もう駄目、おかしくなる……！　あ、あ、あああ、あああああっ‼」

リカルド自身で串刺しにされながら寝台へと張り付けられるように押さえ込まれたシャレアは、身も世もなくひときわ高い声を上げて大きく全身を震わせた。

と同時にこれまでにも増して強く締め上げる彼女の中にリカルドが思いの丈を吐き出す。

最後の一滴まで絞り出そうとする女の膣洞と、最後の一滴まで吐き出そうとする男の欲望に互いに身を震わせる。

しかし一度吐き出しても、二人の情交はそれでは終わらなかった。

ずるり、と彼がシャレアの身のうちから抜け出ていったのはどれくらいが過ぎた後だっただろう。

「あぁん……」

もう何度も突き上げられて熱を持ったそこは、とっくに麻痺《まひ》していてもおかしくないはずなのに、感覚が薄れることはない。身を引くそんな刺激にさえ甘い声を漏らすシャレアを、リカルドが背後から抱え込むように抱きしめた。

互いの背と胸で触れ合う体温と感触がやはり心地よい。

と同時に、うとうとと眠気が襲ってくる。

「眠いのか？」

「……いえ、そんな……」

まだ二人とも汗や色々な体液で汚れていて、裸のままだ。

せめて軽くでも身を拭って寝間着を纏わねば風邪を引いてしまう。

そう思うのに、眠気が勝って指一本動かすのも大変だ。

それでもどうにか動こうと、ぴくぴく手足をわななかせるシャレアの様子に、リカルドは低く笑う
と己の胸に彼女を深く抱き込んだまま囁いた。

「良いから寝なさい。後の始末は私がするから」

「……はい……ふふっ……」

「……どうした？」

つい笑ってしまったが、リカルドはシャレアが笑った理由が判らなかったらしい。

怠い身体をどうにか転がして、彼の方へと寝返りを打ったシャレアはそのまま正面から改めてその
胸に顔を埋め、呟くように答えた。

「何でもありません……幸せだなって……そう、思っただけです……」

そのままとろりと瞼が落ちた。

程なく泥に沈むように眠り込んだ彼女は知らない。

シャレアの呟きを耳にしたリカルドが薄く笑いながら、

「……そうだな。私も、幸せだ。……以前の自分では信じられないほど」

そう、呟いたことなど。

第四章　ほどけ、交わり、そして深まる想い

季節が変わる。

社交シーズンの終わりを告げる王宮主催の舞踏会が終わると、秋はすぐそこだ。

収穫期を迎えるその時期は、一部要職に就く重臣以外の多くの貴族が己の領地へと戻り、また新たな春の社交シーズンが始まるまで領地経営にいそしむことになる。

バルド公爵リカルドは、王都に居残りになる貴族の一人だ。

異母弟とはいえ王にとって唯一の弟だ。リカルド自身は重役を辞退し、政治の中枢から一歩身を引いているのだが、相談役として意見を求められたり、王族としての公務に参加したりすることも多く、王にとっては率直な意見を求めることのできるなかなかに貴重な存在であるらしい。

よってその妻であるシャレアも基本的には一年の大半を王都で過ごすことになる。

オフシーズンは王都の賑わいも随分と落ち着き、限られた人々とゆっくり交流するには相応しい時期になる。

その時期にシャレアは幾度か王妃から王城でのお茶会に招かれた。

集まるのは王妃の他、シャレアと同じく夫と共にオフシーズンも居残り組の貴婦人達だ。

社交シーズン中のお茶会は年代の近い者達で集まる傾向が強いけれど、この時期のお茶会の参加者は世代もまちまちで、シャレアの母親や祖母世代の貴婦人も少なくない。

その分同世代を相手にするのとは違う緊張感があるけれど、幸いなことにその世代の貴婦人達は生前のシャレアの母のことをよく知っており、改めてその死を悼み、気遣い、そしてあれこれと世話を焼いてくれた。

それだけでも充分ありがたいことだったが、よりシャレアを喜ばせたのは若い頃の両親の話を聞かせてくれたことだ。

「前ハワード伯爵夫妻は政略結婚が多い貴族社会でも珍しい恋愛結婚で、本当に羨ましくなるくらい仲の良いご夫婦でした。あんな結婚がしたいと多くの令嬢達が理想としていたのよ。特に伯爵が奥方に夢中でいらして……ちょっと見ているとこちらの方が照れてしまうくらい」

そう教えてくれたのはとある侯爵夫人である。

母が生きていれば同じ世代だろう侯爵夫人は、懐かしいものを思い出すように目を細めて笑った。

「ええ、ちょうど今のバルド公爵のように。ふふ、公爵もあなたには随分と夢中でいらっしゃるようで、羨ましい限りです。正直私の娘をあの方の妻に、と思ったこともあるのだけれど、今は叶わなくて良かったと思っているわ。娘がどんなに頑張ったところであなたのようには愛されることはなかったでしょうから」

そう言われてしまうと少しだけ肩身の狭い思いもするのだが、自分たちの夫婦仲が上手くいっているように見えているなら何よりだ。

実際、あの夜からリカルドは目に見えてシャレアに甘くなった。

元々の無口な性格はなかなか変わらないままでも、彼なりに言葉を尽くそうと努力してくれているようで、シャレアも以前より彼のことが理解できるようになってきたと思う。

もちろんその全てが判るなんて大口を叩《たた》くことはできないけれど、少なくとも妻のことを子を産む道具とするような考え方の持ち主ではないのは確かだ。

（でもそうなると、最初の縁談の際にマーカスが口にしていたこととまったく話が変わってしまうのだけれど……もしかしたら何か認識の行き違いがあったのかもしれないわ）

思えば、愛されることを期待するな、なんて台詞は完全にマーカスの主観である。

これまでの主人の状況を見て、彼なりにそう判断する何かがあったのかもしれない。

だとしてもマーカスの言動は明らかに分を越えた横暴なものだが、シャレアはそのことについて深く追及するつもりはなかった。

既に過ぎたことで、あの時のマーカスの言葉は完全にその場限りの言葉であって書面に残っているわけでもない。

公爵邸では他の使用人たちにもリカルドは愛を知らない人だと誤解を受けていたから、きっとマーカスもその感覚で喋ってしまった可能性がある。言った言わないで争うよりも、リカルドがそういう考え方の人ではないと確信を持てただけで充分だ。

ただ、全く問題がないわけではない。

それなりに上手くいっているシャレアの結婚生活だが、大なり小なりの問題は起こっていて、そのうちの一つが既に結婚してから半年が過ぎた今もやはりまだ懐妊の兆候がないこと。

ただこちらについてはリカルドが、

「もうしばらくの間夫婦二人の生活を楽しむのも悪くはない」

と言ってくれたおかげもあるし、あの夜のやりとりのおかげもあって、今はもうそれほど焦ってはいない。

いつかその時が来てくれればと、できるだけゆったりと待つつもりでいる。

それよりも問題だと感じているのがバルド公爵家の副執事である、まさにマーカスとの関係の方である。

何というか、全てにおいて彼の言動が固く、他人行儀なのである。

もちろん大貴族の女主人相手に使用人が畏まるのは自然なことで、むしろ馴《な》れ馴《な》れしく振る舞う方がおかしいけれど、なんといえばいいのかマーカスのシャレアに対する態度は丁寧を通り越して慇懃無礼に感じるのだ。

（多分マーカスは私のことが嫌いなのね……リカルド様の妻に相応しくないと思っている節があるもの）

だが露骨に刃向かってくるならともかく、多少険のある態度だけで特に実害があるわけではない。

もちろん褒められたことではないし、この先セバスのように信頼して仕事を任せられるかというと答えは否なのだが、仕事を怠けているわけではないし真面目に務めてくれてもいる。

それにマーカスはセバスの孫だ。セバスにはたくさん世話になっているから、できることならば彼を巻き込むようなことはしたくない。

この先、目に余るようならば釘を刺す必要はあるだろうが、現時点ではまだ様子見、といったところだ。まあ、結局はどうなることかと思った結婚生活も、今のところ問題点といえばその程度で、特に大きなことはなく過ごせているのは幸いである。

「そうそう。そう言えばつい先日、ハワード卿をお見かけしたのよ」

そんなことを考えていた時に別の貴婦人が思い出した、と言わんばかりに軽く両手を合わせて口を開いた。

ピクッとシャレアの肩がそれと判らない程度に揺れる。

この場合のハワード卿とは、シャレアの叔父であるパトリックのことだ。

結婚の際シャレアはハワード伯爵家の爵位を、仮ではなく正式に叔父に譲渡している。

バルド公爵家に嫁ぐ自分には伯爵家を継ぐことはもうできないし、叔父にとっても爵位はその後の人生で必要だ。

けれど……

「……叔父は、どちらで？」

思わず声に警戒が含んでしまったのは、過去の出来事が頭の中を過ったから。

今はリカルドのおかげで実家の借金も全て清算し、叔父も平穏に暮らすことができている。

さすがに失った財産の全てを取り戻す事はできないけれど、王都の屋敷は失わずに済んだし、リカルドが手配してくれた監査官が監督してくれている。

おかげで使用人も体裁を保つ程度には雇うことができているはずなので、叔父が余計な色気を出さずに静かに暮らしてくれたら何の問題もない……はず。

はず、といささか曖昧なのはここ数ヶ月実家に殆ど帰っていないせいだ。

結婚当初は何度か足を運んでいたのだが、そのたびにパトリックからの、

「お前を犠牲にしてまで家を保ちたいとは思っていない。心配しなくて良いから早く帰っておいで」

とか、

「バルド公爵は身分も財産も申し分のない立派な方なのは確かだが、人の情を知らない方だ。お前を任せるに相応しい人とは思えない。うちはもう大丈夫だから、無理をせず、いつだって帰ってきて良いんだ」

などと会うたびに告げられる言葉に辟易《へきえき》してしまったからである。

いくらシャレアが違う、そうではないと訴えても無理をしていると受け取られてしまうのだ。

自分を心配してくれてのことだとは判っているが、叔父の発言はずいぶんな恩知らずに感じてしまう。一体リカルドの何を見て人の情を知らない人だと言っているのだろう。

大体うちはもう大丈夫だと言うけれど、一体誰のおかげで「大丈夫」になったと思っているのか。

そもそもハワード伯爵家が傾いたのだって……

（いいえ。駄目よ、これ以上考えるのは止《よ》しましょう。叔父様だって家のために必死だっただけ。良かれと思ってしたことが、運悪く裏目に出てしまって、気に病んでいるのだわ）

ともかく、そういうことが何度かあってシャレアはすっかり実家に顔を出しづらくなってしまったのである。

今は定期的に監査官からの「現時点で問題なし」という報告を聞いて安堵しているところだ。

そんなシャレアの気持ちをよそに、パトリックの話題を口にした貴婦人はおっとりと笑った。

「ご友人とお会いになっていらっしゃったわ。大丈夫よ、楽しそうにお話をしていただけのようですし。さすがに二度も同じ過ちは……いいえ、ごめんなさい。言葉が過ぎたみたい」

「……いいえ、大丈夫です。お気遣いいただきありがとうございます」

この場にいる人々は総じてシャレアに好意的だし歓迎してくれているが、ハワード家の零落について知らない者もいない。

その原因は叔父が詐欺師に引っかかったためだ、ということもだ。

一瞬だけその場に気まずい雰囲気が流れたが、すぐに機転を利かせた王妃が話題を変えてくれたことで場の雰囲気は元へ戻り、当たり障りなく過ぎていった。

お茶会後、王城から公爵邸への帰り道、馬車の中でシャレアの頭の中を占めたのは叔父のことだ。

実家のことは、まるで抜けない棘《とげ》のようにシャレアの心に常に引っかかっている。このままではいけないと判っているから、いずれまた様子を見に行こう、と思ってもいる。

けれどそのタイミングはもう少しパトリックの心が落ち着いてからの方が良いかもしれない。

叔父は自分のせいでシャレアが金で買われたと思っているから、余計に罪悪感を抱いているのだと思う。

「そんな必要はなく、私は今幸せだって判ってくれれば、きっと認めてくれるはずよ」

その叔父の心がいつ落ち着くかまでは、シャレアには判らなかったけれど……

そんな多少の気がかりはありつつも、概ねリカルドとの結婚生活は上手く行っていた。

「お帰りなさいませ、奥様」

お茶会から公爵邸へと帰宅すると、セバスとマーカス、他使用人たちの幾人かが出迎えてくれた。

「ただいま戻りました。出迎えをありがとう」

笑顔を向ければ、セバスを始め殆どの使用人たちも笑顔で返してくれる。

彼らにとってシャレアは、無口で愛想のないリカルドの角を丸くしてくれた恩人という認識であるらしい。

奥様のおかげですっかりと旦那様の雰囲気が柔らかくなって……とまあ、そんな具合である。

唯一の例外はマーカスで、相変わらずシャレアに対する認識は厳しいもののようだが、代わりにシャレアに笑顔で話しかけてきたのはセバスだ。

「ちょうどようございました。先ほど旦那様もお戻りになりまして……」

言葉が途中で途切れたのは、先に帰っていたリカルドがシャレアの帰宅を知ってエントランスロビーへ降りてきたからだ。彼の姿を目にして、シャレアの顔に満面の笑みが浮かぶ。

「ただ今戻りました、リカルド様」

「ああ」

言葉こそ素っ気なく聞こえるが、シャレアが軽い足取りで駆け寄ると、その両腕を広げてくれたので、遠慮なく腕の中に飛び込むことにした。

抱擁を交わす夫婦を、セバスがひどく微笑ましい眼差しで見つめている。

「今日は義姉上の茶会だったか。楽しめただろうか」

「はい。皆さんお優しい方々ばかりで、良い時間を過ごすことができました」

「そうか」

それなら良かった、と続きそうな彼の眼差しにシャレアはまた笑い、そしてその胸に顔を埋めた。

あの夜からさらにぐっと距離が縮まった二人は、今や暇さえあれば共に過ごし、触れ合っている。

意識して行っているわけではなく、無意識に手が伸びるのだ。むしろ触れていないと、なんとなく落ち着かない……そんなふうに、なってしまった。

さすがにこれほどになるとシャレアも自分がリカルドにどんな感情を抱いているかは自覚しているし、きっとリカルドも同じだろう。

未だ明確な愛の言葉を告げ合ったことはないけれど、それはお互いにその手のことにシャイで照れ屋な性格だからであって、これほど判りやすければ改めて言葉で告げ合わずとも伝わる感情はある、とシャレアは思っている。

今もそうだ。当たり前のように身を屈《かが》めたリカルドに軽く唇を重ねられて、ポッと頬が熱を持った。

「リカルド様ったら……」

困ったように名を呼ぶけれど、もちろん本気で困っているわけではない。ただ人前でちょっと恥ずかしいだけ。

もちろん心得た使用人たちは皆見ないフリだ。

「今日はお帰りが早いのですね。晩餐《ばんさん》はご一緒できますか?」

「ああ。今日はもう出かける予定はない……明日も一日共にいられるから朝早くに起きる必要はない」

晩餐も、その後も。翌日も予定はないから多少寝過ごしても問題はないとさりげなく夫婦の夜まで匂わされて、シャレアは頬を赤らめながら、

「嬉しいです」

と素直に伝えた。まったく見ている方が本当に恥ずかしくなるくらいの甘さである。

二人の睦《むつ》まじさは、今や貴族達の間でも有名だ。

かつては女嫌いだと有名だったリカルドの変化は特に驚きをもって知られ、もしや女嫌いとは嘘だったのではと疑う者も少なくない。

だが彼が甘いのはあくまでもシャレアに対してのみであり、以前リカルドを追い回していたあの侯爵令嬢達がここぞとばかりに改めて迫ってきても、彼の反応は以前にも増して冷徹である。

曰く、

「妻と身内以外の女性には関わりたくない」

と堂々と言い放ったというのだから、その令嬢も形無しだ。ちなみにリカルドが関わることを許容したのはもちろんシャレアと、そして身内の女性……つまりは兄の妃である王妃と、その二人の娘である今年十歳になったばかりの姪の王女を含めた三人だけだというのは、感心したらいいのか呆れたら良いのか、判断に迷うところだ。

リカルドのあまりの冷ややかさと変化に、それまでしつこく言い寄っていた令嬢達もとうとう現実を受け入れて、彼に代わる嫁ぎ先の検討に入ったらしい。

追いかけ回していたおかげでだいぶ適齢期を過ぎてしまったが、いずれも良家の令嬢達なので極端な高望みをしなければ、早い内に他の男性との縁談は纏まるだろう。

「シャレア。あなたは観劇には興味があるだろうか。実は劇場のボックス席を一つ予約することができて……良ければ明日、一緒に行かないか？」

共に晩餐を過ごしながら、リカルドがこんなふうに誘い掛けてくることも増えた。

二人で外出できることは嬉しいが、それ以上に彼なりにシャレアとできる限り多く時間を過ごそうとしてくれるその努力が嬉しい。

「はい、是非。観劇とはもしかして、今話題になっている「ヒースの丘で」ですか？　特に中盤からラストに向かってのストーリーが感動ものだと聞いていたので、行きたいと思っていました」

「タイトルははっきり覚えていないが、確かそうだったと思う。若いご婦人に人気だそうだ」

「ありがとうございます。でもちょっとだけ心配です。劇場には当然たくさんの女性がいらっしゃるのでしょう？　あなたを誘惑しようとなさる方がいらっしゃるかもしれません」

「だとしたら同じ言葉を繰り返すだけだ」

「妻と身内以外の女性には関わりたくないと？」

真剣な顔で肯くリカルドに、シャレアは小さく声を上げて笑った。

公爵夫人としてはいささか褒められたことではないが、ここにはそれこそ身内しかいないのだから許されるだろう。

「なら、明日は私の傍から離れないでください」

「もちろんそうしよう」

この約束の通り、翌日の夕方劇場に現れたバルド公爵夫妻は、他の者が付け入る隙を一切与えずに常に二人寄り添って過ごす姿を多くの人に目撃されることとなった。

もちろんその間、感想を言い合うように顔を寄せる姿も、無愛想な公爵が妻の前で微笑む姿も、その話に耳を傾けようと彼女の方へ身を屈める姿もだ。

そんな夫の腕を取りながら、妻たる夫人も清楚で愛らしい笑顔を常に振りまいている。

誰が見ても仲の良い夫婦の様子はますます人々の間に広まり、やがて冬が過ぎ春を迎えて新たな社交シーズンが始まる頃には、ほぼ国中の貴族全てがそれを事実として認識するようになっていたのである。

リカルドが、シャレアに思い切ったように、とある提案をしてきたのは、貴族達が再び王都に集まり出し、王都が賑やかに彩られ始めた頃のことだった。

「指輪、ですか?」

先ほど告げた言葉を繰り返すシャレアに、リカルドは神妙な顔で肯いた。

そうしてもう一度その口を開く。

「あなたに、指輪を贈りたいと思っている」

随分と改まった様子に、シャレアは小さく小首を傾げながら、ぱちぱちと目を瞬いた。

「指輪に限らず、アクセサリーもドレスも、もう充分なほどにいただいております」

「そうじゃない。あなたに贈りたいと思っているのは……その、……指輪だ」

「はい?」

何だろう。今肝心なところが聞こえなかった。

指輪の前に単語が続いていたように思うのだが。

「ごめんなさい、なんの指輪ですか？」

繰り返し問う。

するとリカルドは神妙な顔を、今度はひどく緊張するような表情に変えて、数秒沈黙し……それから告げた。

「結婚指輪だ」

今度ははっきりと聞こえたが、しかしシャレアはますます困惑するばかりだ。

結婚指輪を贈りたいと彼は言うが、既にその指輪なら結婚の際に受け取って、今は公爵家の宝物庫に保管している。

公爵夫人という身分に相応しく、大きなダイヤがついた、たいそう立派で高価なものだ。

紛失したり傷を付けたりしてはいけないと、公式の儀式や祭事の場で身につけるようにしている。

「ええと……もう、いただいておりますが……？」

だがそれがなんだと言うのだろう？

困惑のままに答えると、リカルドは静かに首を横に振った。

「その指輪じゃない。……それは先祖代々引き継いできたもので、あなた個人にというよりは公爵夫人となった女性に与えられたものだろう」

「はい、そうですね」

先祖代々の品とはそういうものだ。

それを改めて言う理由は何だろうと不思議に思いながらシャレアはリカルドの言葉の続きを待つ。

するとその眼差しを受けてリカルドは一瞬口ごもり、それから思い切って秘密を打ち明けるような口調で答えた。

「……もっとはっきり言うと、あなたの好みではないだろうし、型も古い。何より仰々しすぎて普段使いには向かないだろう？」

素直に驚いた。確かにその通りだが、まさかそれをリカルドが気にするとは思わなかった。

「隣国では夫婦は互いに揃《そろ》いとなる指輪を常日頃身につけるのが流行り出しているらしい。それが結婚している証となり、切れ目のない円がその先も変わらぬ愛を誓う意味があるという」

「まあ……それは素敵な流行ですね」

愛、という言葉にどきっとした。

相変わらず自分たちの間で、改めてそのような言葉を交わしたことはない。

けれど敏感にその言葉に反応してしまうのはシャレア自身が今、そのことをもっとも意識しているからに他ならない。

それを、リカルドは気付いているだろうか？

「それを踏まえて、私はあなた個人へ結婚指輪を贈りたい。あなたに似合う、日常的に身につけやすい、あなた好みのものを。……駄目だろうか」

その言葉の意味をシャレアはどう受け取れば良いのだろう？

聞きようによってはリカルドがシャレアに愛を誓っているという意味にも取れる。

そう考えることは自惚《うぬぼ》れになってしまうだろうか。

……ここは、素直に聞いてみるべきだろうか。きっと、その方が良いはずだ。

「あの……」

いささか言いにくそうに、けれどうっすらと頬を染めながら口を開いたシャレアに、リカルドがそれと判らぬ程度に背筋を伸ばした。

どうやら彼も、受け入れてもらえるかどうか緊張しているらしい。

初夏がくれば、結婚して一年になる。

二人ともに過ごす時間にも大分慣れたつもりでいるけれど、こんなふうに相手の心を探る時間はまだ慣れないものだなと思いながら、シャレアは躊躇いがちに問いかけた。

「……その……リカルド様が、改めて指輪を贈ってくださるということは……そういう意味だと、受け取ってよろしいのでしょうか？」

口にするには、少々勇気がいる問いだ。

そんなつもりはないと言われてしまったら、多分シャレアの心にはこの先癒えるかどうか判らない深い傷がつくだろう。

でも確認しないまま勝手にこうだと思い込んで、彼の気持ちを取り違えたままこの先を過ごす方が苦しくなる時がくるかもしれない。

期待と不安と、両方の感情を宿して彼を見つめれば、その視線の先で僅かな間沈黙した彼がおもむろに立ち上がった。

そしてテーブルを回り込んで、座るシャレアの元へやってくると、その前に膝をつき彼女の両手を取る。

小さな彼女の手を二回りは大きな己の手で大切そうに包み込みながら、彼は言った。

「もちろんだ。そう思ってほしい」

まだお互いに少しだけ勇気が足りなくて、具体的な言葉は口にできない。

それでも気持ちを伝える言葉や手段は一つだけではないはず。

少なくともシャレアは今この時のリカルドの言葉を、彼なりの気持ちの表し方だと理解したし、それを受け入れることで彼にも同じように受け取ってほしいと思う。

笑顔がこぼれ落ちた。

それは小さなピンク色の花が溢れんばかりにこぼれ落ちるような、はにかんだ笑みだ。

「……嬉しいです。肌身離さず、身につけますね」

それはシャレアがリカルドの提案と、気持ちを受け入れた言葉でもある。

彼女のそんな笑みにリカルドの顔にも自然と、気恥ずかしそうな、それでいて嬉しそうな笑みが浮かぶ。

この場に他に人がいたら、彼のそんな表情に驚愕を通り越して感動するだろう。

それほどに優しく、穏やかで、新妻に向けた想いが言葉にせずとも伝わるほどの幸福な笑みだった。

それから二人はリカルドの休日がくる度に王都の宝飾店へと足を向けることになった。

もちろんわざわざこちらから足を運ばずとも、呼び出せば店の方からやってくるのが当たり前だが、シャレアが自ら直接店舗に行って選びたいと頼んだからだ。

「お願いしてお屋敷へ持ってきていただくと、デザインの選択肢が狭まってしまうでしょう？　この指輪に関してだけは、色々な選択肢を見てみたいのです」

それに御用達《ごようたし》の宝飾店となればやっぱりデザインの傾向は似てしまう。お抱えの職人が固定されるからだ。

また彼らは個人の好みより家格に釣り合うものを優先して持参するだろう。

それが悪いとは言わないけれど、せっかくなのだ。この結婚指輪に関してだけは家がどうのというよりも、個人の好みを優先させたい。

「それにリカルド様とお揃いなら、男性でも身につけやすいものがほしいです。もちろんどのようなものでも、あなたならお似合いでしょうけれど」

彼はシャレアに指輪を贈りたいと言っていたが、他にもちゃんと聞いていた。

これは互いに揃いの指輪を常日頃身につけるものだ、と彼が言っていた言葉を。

「お忙しいのに、連れ回すような我が儘《わまま》を言ってごめんなさい。でもこれだけはどうしても、自分の目で選びたいのです」

リカルドは本当に忙しい。

それなのに彼はできる限りシャレアのために時間を割こうとしてくれる。

だからこそ屋敷にいる時はゆっくり休んでほしいとも思うのだが、シャレアの、この初めてと言っても良い我が儘を、彼は嫌な顔をせずに頷き、受け入れた。

「我が儘だなんて思っていない。満足するものが見つかると良いな」

「はい、楽しみです」

この指輪選びは、二人にとっては大切な時間になった。

目についた宝飾店を片っ端から見て回るのは素直に楽しかったし、初めて見るデザインや好みのものに出会えることも楽しかった。

なにより二人であーでもないこうでもないと意見を交換しながら相談できることが、本当に嬉しい。

一方で店側の方も二人の訪問は良い刺激になったようだ。

何しろ貴族の家に出入りできる宝飾店は限られていて、一度ここと決まったら新規参入は大変に難しい。

けれどある日突然、筆頭公爵夫妻が自ら店舗にやってきて、直接商品を手に取って見てくれるのである。

これまで取り引きがある店はもちろん、最近立ち上げたばかりの小さな店まで、王都にある宝飾店はほぼ全てだ。

突然の訪問は店主達を大変驚かせることとなったけれど、言い換えればそれは大きな機会が向こうからやってきたとも言える。

気に入ってもらえれば選んでもらえる。

仮に今回は駄目だったとしても、こんな店があった、と記憶に残るかもしれない。

それが次に大きな縁になる可能性があると思えば、店側もこぞって二人に自慢の品々を披露し、お抱え職人の腕をアピールした。

その中でシャレアが選んだのは、店主が細工も販売も全て行う、老舗だが小さな宝飾店だった。

「あの、本当によろしいのですか。当店では公爵様ご夫妻に相応しい品はとても……」

恐縮する老店主にシャレアは花のように微笑んで見せる。

「今まで見た中で、一番私の理想に近いのです。これならリカルド様が身につけても違和感はないし、邪魔にもなりにくいですから」

手に取った指輪は宝石など一つもついていない、金だけでできた指輪だ。

しかし表面には手間を惜しまない細かな模様が丁寧に施され、指に嵌めた時の馴染みが良い。

宝石がない分、書類仕事の邪魔になったり、衣服に引っかかったりすることもなく、武器や道具を扱う際にも違和感は少ない。

何より、少しだけ男性的なデザインの指輪が自分の指にあることで、夫の存在を強く感じることができる。

多くの女性は華やかなものを好むし、シャレアも綺麗なものは好きだが、特別な意味を持つこの指輪に関してはリカルドを連想させるものが良い。

そう説明すると店主は納得し、彼女の隣でリカルドが僅かに目元を赤らめながら己の口元を覆った。

ニコニコと嬉しそうに笑う妻と、その隣で照れ隠しをする夫。若い夫婦に思わず店主が口元を綻ばせたのはここだけの話だ。

「ここの模様に、公爵家の家紋にある月桂樹《げっけいじゅ》の葉を入れることはできますか？　あと内側に名の刻印もお願いしたいのですが」

「もちろんできますよ。あと奥様のお誕生月はいつでしょう？」

「六月です」

「では奥様の指輪には小さな宝石を一粒だけ埋めるのはいかがでしょう？　六月の誕生石はムーンストーンで、この石には魔除《まよ》けと幸福を呼び寄せる力があると言われています」

この国での貴族社会では花に意味を持たせ、それで暗黙のメッセージを伝えることは多いが、宝石にはそれがない。

見栄えや価値の高さが優先されることが多く、そんな意味があると初めて聞いた。

けれど、平民の間では、広く知られていることらしい。

「拝見していて、奥様は希少価値よりも意味や気持ちを大切になさるお方のご様子です。それに特別な指輪のようですから特別な意味を持たせることは、お好みに合うのではないかと……」

そこで店主はハッと気付いたように言葉を中断すると慌てて謝罪してきた。

「も、申し訳ございません。公爵家の奥方様に相応しいご提案ではありませんでした」

突然の謝罪を不思議に思ったが、一瞬遅れて理解した。

ムーンストーンは、ダイヤやルビー、サファイアやエメラルドのような宝石に比べれば、そこまで価値の高い石ではない。

宝石はどれだけ希少で高価なものかをまず重要視する貴族に対して安価な石を勧めることは、遠回しに「あなたはその程度の人間ですよ」と侮辱しているように受け取れると感じたのだろう。

苦笑した。

確かにそういう基準を持つ貴族も多いが、正直なところシャレアはそこまで宝石の種類にこだわりがあるわけではない。

大切なのは自分が気に入るかどうか、だ。

「謝っていただく必要などありません。素敵なご提案をありがとうございます」

確かに宝石を一つ加えることで、男性的なデザインを少し和らげることもできる。

正直、大きく心が揺れた。

「……いいのではないか」

チラとリカルドを見ると、彼も納得したように肯いたのでシャレアはありがたく老店主の提案を受け入れて、二つの指輪のオーダーを依頼すると店を出た。

「半月でできるそうです。楽しみですね」

「ああ。あなたが嬉しそうで良かった」

しみじみとリカルドに言われて少しだけ恥ずかしくなった。

自分がやけにはしゃいでしまっていることを自覚していたからだ。

だけど、本当に嬉しくて楽しみなのだから仕方ない。

そうして約束の半月後、少しの歪《ゆが》みもサイズの狂いもなく、月桂樹の葉の模様一枚一枚が丁寧に刻まれたその揃いの指輪はさりげなく、けれどしっかりとした存在感で二人の指を飾ることになった。

シャレアの方の指輪に一つだけ埋まったムーンストーンは控えめだけれど角度によって虹色に光を弾く輝きは美しく、確かに店主が教えてくれたような力を与えてくれる気がする。

バルド公爵夫妻が結婚指輪を作るために王都の店を端から端まで一つずつ自ら足を運んで見て回ったという話はまことしやかに社交界に広がり、彼らの真似をする者がその後続出したという。

シャレアもリカルドも店の負担になっては気の毒だからと、どこで購入したという明言はしなかった。しかし同じように店を巡っていると、老店主の商品を気に入る者もいて、そのおかげで店も以前に比べて繁盛するようになったそうだ。

夫婦揃いの結婚指輪が、やがて当然の習慣としてこの国に定着するようになるのはこの頃からだ。

また宝石に与えられた言葉にも注目されるようになったのも同じ時期からと言われるようになるが、もう一つさらに広く知られることになったのは、やはりバルド公爵夫妻の逸話である。

新たな社交シーズンを迎える頃には、おしどり夫婦と言えばバルド公爵夫妻だと多くの者が名を挙げる、そんな存在になっていたのである。

幸せだった。

嫁いだ時には、家を援助してもらい、生活の保障さえあればそれで良いと割り切って受け入れた結婚だったはずなのに、今は当たり前に夫が寄り添ってくれる生活がある。

仕方ないと諦めていた多くのことが、今シャレアの手には当たり前に存在していて、あとはできるだけ早くに子に恵まれれば言うことはない。

そんな日々が本当に幸せで、でも少しだけ怖い。

「知らなかったわ。幸せって、すぎると怖くなるのね」

「奥様ったら。まるで物語の台詞のようですわ」

しみじみ呟くシャレアに、アマリアがクスクスと笑いながらお茶を出してくれる。

カップを受け取り、口に運びながら「だって」とシャレアは言った。

「こんなに大切にしてもらえるなんて思っていなかったから……この環境が当たり前に思えてくる自分が怖いし、同じくらいあの方を万が一失うことがあったらと思うと、とても怖くなるの」

「判るような気はいたします。何でも順調にいきすぎると、どこかで落とし穴があるような気分になりますよね」

「そう、そうなの。だから私、もしリカルド様に実は隠し子がいたって言われても、納得してしまうかもしれないわ」

「それは旦那様には言わないで差し上げてくださいね。そんな疑いを掛けられてしまうのは、さすがにちょっとお気の毒です、あんなに奥様に一途《いちず》な方ですのに」

「ただのたとえ話よ。本当にそうだとは思っていないわ」

シャレアがいささかばつが悪そうに口を閉ざした時、私室の扉が静かにノックされる音が響く。

「はい。どうぞ」

入室を許可すれば、開いた扉の向こうに立っていたのはマーカスだった。

銀盆を掲げ、その上に数通の封書が載っている。手紙を届けに来てくれたらしい。

「ご苦労様」

シャレアが手紙を受け取って声を掛けると、マーカスは黙礼を残してすぐに下がってしまう。

最初から最後まで無言の副執事の様子に、呆れた声を漏らしたのはアマリアである。

「あの人は最初から変わりませんね。旦那様が無口で愛想がないって言われているそうですが、マーカス様の方がよっぽど無口で愛想がなさすぎます。慇懃無礼にもほどがあります」

「リカルド様が信頼している使用人よ。悪く言っては駄目よ、アマリア」

とはいえ、正直シャレアもマーカスのことは頭が痛い存在だと思っている。

この家に入って、もう殆どの使用人と打ち解けることができたけれど、マーカスを始めとする彼の周囲の使用人たちとは相変わらず、どうにも上手くコミュニケーションが取れない。

仕事はきちっとしてくれるけれど、それ以上のことはなく、こちらから歩み寄ろうとしても向こうがスッと身を引いてしまうのだ。

最初に使者としてハワード家にやってきた時から、シャレアに対する印象が良くないままなのだろう。

好き嫌いに関しては個人の自由だ。

どう頑張っても馬が合わない相手というのは存在するし、嫌いなものを好きになれと強要することもできない。

ただ、シャレアはこの家の女主人で、マーカスは使用人である。

ここにいる以上マーカスはシャレアに相応の敬意を払わねばならない立場なのに、構わずそうと判るほど露骨な態度で接してくるのも、それを許すのもどちらのためにもならない。

そろそろ釘を刺すべき頃だろうか。

しかし下手をすれば家令のセバスや、今や領地で家を守ってくれている彼の父親である執事にまで累を及ぼしてしまう可能性があるとなれば、シャレアも慎重にならざるを得ない。

それに決定的に何か大きな問題を起こしたというわけでもないから、リカルドに言うのも躊躇われる。

「……私がしっかりするしかないのよね」

「今、なんと仰いましたか？」

小さな呟きはアマリアの耳には届かなかったらしい。

「いいえ、何でもないわ。それよりも、手紙の確認をしたいわ。ペーパーナイフをくれる？」

先ほどマーカスが運んできた手紙は、そのいずれもが公爵夫人への新たな社交シーズンが始まる季節の挨拶だった。

バルド公爵夫人としてのシャレアの存在感も、ありがたいことに日々増しているらしい。

おかげでこうした手紙も多くなり、比例して返礼の数も多くなってだんだん手に余るようになってきているのだが、これはもう公爵夫人の役目の一つとして割り切るしかないと思っている。

それにこうしたやりとりが増えるにつれて自然と人脈も増えてきた。

併せて以前より親しくなった人も、友人と呼べる人も増えてきたから、よしとしよう。

「あら、ロザリーやヘレナからだわ。……まあ、ロザリーはおめでたなのね」

嬉しい知らせに自然と笑みがこぼれ落ちる。

が、その笑みが少しだけ萎《しお》れてしまうのは、シャレアには相変わらず懐妊の兆候がないからだ。

以前ほど焦っているわけではないけれど、やっぱり気にしないようにしていても時間が経てば経つほど胸の内にモヤモヤと積み重なるものはどうしようもない。

「……何がいけないのかしら……」

呟いて、すぐにハッとすると首を横に振った。

友人のおめでたと自分がまだ授からないことは全く別の話だ。

友人の慶事は、共に祝ってあげたい。

「早速安産祈願のお守りを作らないと」

複雑な気持ちを押し隠して、努めて明るい声でそう言った。

この国では子どもを産む女性が無事に出産を終えられますようにと、母子の安全を願ってハンカチに安産祈願の刺繍をして贈る習慣がある。

その贈られるハンカチの枚数が多ければ多いほど効果があると言われているし、出産後はそのハンカチをおむつに仕立て直して使うため、いくら贈られても多すぎて困るということはない。

いつかは……できるだけ早く、自分も贈られる側になれればと願いながら、残りの手紙の確認を進めていった。

そのシャレアの手が止まったのは、もうあと数通で今日届いた分の確認が終わる頃合いだ。

「……叔父様からだわ」

まっさらな無地の封筒だった。

飾りも何もなく、殺風景なほどに白いだけのその封筒に押されている印章は、ハワード伯爵家の紋章だ。

今その紋章の使用を許されているのは叔父のパトリックである。

その叔父からの手紙を見ると、先ほどとは違う意味で少しばかり心が沈んだ。

結婚してからも叔父とは定期的な連絡は取り合っていたが、特にここ数ヶ月は手紙のやりとりだけで、顔を合わせる機会は少しばかり途絶えてしまっていた。

理由はやはり、叔父の悲観的な発言が原因だ。

責任を感じること自体は仕方ないと思うし、気に掛けてくれている証拠だとも思うのだが、あまりにも「自分のせいで姪にひどい結婚をさせてしまった」と嘆かれ続けられる言葉が、少なからず心の負担に感じるようになってしばらく経つ。

今回の手紙も、表向きはシャレアのことを案じる言葉が並んでいるが、文章の端々から哀れみや後悔、自責の念がにじみ出ていて、こちらの心を憂鬱にさせる。

良かれと思って爵位を譲ったことも叔父の罪悪感に拍車を掛けたのかもしれない。

生前父が叔父のことを「善良であることが取り柄の弟だ」と告げていた言葉を思い出す。

当時はなんとなく含みのある父の言葉の意味が理解できずにいたけれど、今はよく判る。

善良なだけでは、貴族社会で生きて行くには足りないのだと。

だが今更それを言っても仕方がない。

両親を亡くした当時シャレアには保護してくれる大人が必要だったし、悲しみに寄り添って傍にいてくれた叔父の存在は間違いなく救いだった。

その後問題があったとしても、受けた恩がなくなるわけではないし今でも変わらず大切な身内である。

「……近いうちに、一度顔を見に行きましょうか」

また顔を合わせると嘆かれるのかと思うと憂鬱は増すが、今の自分は幸せなのだと理解してもらえるように努力を繰り返すしかないだろう。

幸い伯爵家の財政状況はこの一年ほどで飛躍的に改善している。

主要領地を失っていることがやはり痛いが、このままの状況を維持できればいずれは援助がなくても自立できるはずだ。

その報告を受けて、リカルドが付けてくれた監査官もつい先日引き上げたと聞いている。

「パトリック様もそろそろ立ち直ってくださると良いのですが……」

彼女の言葉に頷きながら答えた。

「そうね。今はあのお屋敷に一人ですもの。叔父様もきっと寂しいのよ」

そこまで考えて思った。

もしかしたら、叔父が悲観的になるのも、寂しさのせいかもしれない、と。

叔父はまだ四十手前だ。

これから良い縁があっても不思議はない。

伯爵家当主となった今、新たな家族が必要だろう。

（愛情深い人だもの。きっと他に家族ができれば、叔父様も前向きになってくださるかもしれない）

そう思うと少しだけ心が軽くなった。

次に実家に帰った時に切り出してみよう。もしかしたら叔父もシャレアに遠慮しているだけで、既にそういう存在の女性がいるのかもしれないし。

もちろん本人に結婚願望がなく、他にやりたいことがあるのならそれでも良い。

一度きちんと叔父の意向を確認すべきだろう。

そう考えて、ふう、と吐息がこぼれ出た。

いずれにせよ、昨年の今頃では考えられない話だ。

あの時はこんな選択肢など存在せず、毎日をどう乗り切るか、そればかりを考えていたから。

「今は恵まれているのだわ……リカルド様に、感謝しなくては」

リカルドは、本当にシャレアを大切にしてくれる。

いささか不器用でぎこちなく、言葉が足りないと思われる部分もあるけれど、彼なりに努力してくれているのが判るし、気遣ってくれていると判る。

その努力の甲斐《かい》があってか、最近はシャレアが関わらないところでの雰囲気も随分と和らいで、社交界での評価も大きく変化していると聞いた。

今の彼を見て、愛を知らない人だと言う者はもういないだろう。

優しい人が正しく評価してもらえることは嬉しい。

ただ彼の良さを知る人が増えるのは少し不安でもある。彼がその気になったなら、きっともっと他に素敵な女性がいくらでもいるだろうから。

そんなことを考えながら一日を過ごしたシャレアは、夕方頃に帰宅したリカルドと共に晩餐を終えた後で、寝室のカウチに座り裁縫道具を広げていた。

ロザリーの安産祈願のためのハンカチを縫っているのだ。

ちくちくと細かく針を刺す作業は嫌いではない。

刺繍はただ手を動かせば良いと考える人もいるけれど、これで結構頭を使う。

図案や模様はもちろん、次に針をどこに刺すか、糸の処理をどうするか、なるべく表に響かず、かといって裏がぐちゃぐちゃにならないように縫うには技術も工夫も必要だ。

反面それに集中して無心にもなれる。

あれこれ考えなくちゃいけないと言いながら、無心になれるなどと言うのは矛盾しているようにも思うが、これが案外両立するのが刺繍である。

「それは、何を縫っているんだ？」

そんな作業に興味を持ったのはリカルドだ。シャレアより遅れて入浴を済ませ、夫婦の寝室へと戻ってきた彼は、熱心に針を動かす妻の傍らに寄ると手元を覗き込んできた。

「友人がおめでたなのです。安産祈願のためのハンカチを縫っています。たくさんもらっても困るものではありませんから」

「器用なものだな。そんな根気のいる細かい作業は大変だろうに」

「私はこういう手仕事は結構好きですよ。あまり上手ではないですけれど……」

「謙遜する必要はないだろう。私の目には充分素晴らしく見える」

「褒めてくださるのは嬉しいですけれど……あまりじっと見られると、緊張してしまいます」

手元が狂って針を指に刺してしまいそうだ。

するとリカルドは隣に腰を下ろして、おもむろにシャレアのこめかみに口付けてきた。

ひゃっ、と小さな声が上がる。

「針を手にしている時に、悪戯をなさらないで」

抗議すると今度は手にした針を取り上げられ、近くの針山へと戻されてしまう。

その上でまたちゅっと頬に唇が落ちてきて、思わず笑ってしまった。

「褒めてくださったのに、邪魔をするの？」

「あなたの刺繍の腕が素晴らしいのは判ったから、私の方を見てほしい」

「まあ……」

顔をそちらへ向けると、少しばかりはにかんだ顔のリカルドがいる。

その表情はシャレアだからそう思うのであって、他の者ならば相変わらずの無表情に見えるだろう。

それでも以前より大分表情が和らいでいるのは判るはずだ。

先ほどのような言葉も、以前のリカルドなら期待できなかった種類のもので、それを実感するとシャレアは改めて自分が恵まれていて、どれほどの幸福を与えられているかを噛みしめる。

「仕方のない旦那様。私の視線を独占して、その後はどうなさりたいの？」

尋ねると、彼の右手が腰に回りそのまま引き寄せてきた。

近づく綺麗な顔を抗わずに受け入れるとすぐに唇が重なって、寝間着の胸元から左の手が忍び込み、彼女の胸の片方に直に触れてくる。

「あ……」

指先でまだ柔らかな胸の先をくりっと弄られると、甘い刺激とともに小さな吐息が漏れた。

すぐに反応して立ち上がり始めたその場所を繰り返し可愛がりながら、リカルドはシャレアの唇を吸い、腰を擦り、身体をすり寄せてくる。

これではもう刺繍の続きなどできるわけがない。

「もう……せめて片付けさせてください」

「そのままテーブルに置いておけばいい」

「あっ……ん、だめ、です。針をなくしたら、大変ですから……」

針仕事をする際、針の扱いにはくれぐれも注意するようにと教わっている。

一本でもなくしたら、それが誰の身体を傷つけるか判らないから。

「すぐ済みますから……少しだけ待って」

頬を赤らめたまま微笑み、人差し指を彼の唇に押し当てると、リカルドの目元もうっすら赤くなる。

手を止めた夫を待たせないようにと手早く道具を片付けたシャレアが改めてリカルドに向き合った

直後、下肢から下着を抜かれ、カウチに座ったままの彼の腰を跨ぐように導かれた。

リカルドは膝立ちのまま彼に覆い被さる姿勢になったシャレアの寝間着の袷を広げると、すぐに露わになった形の良い乳房の片方へと熱い舌を這わせるように吸い付いてくる。

そうしながら後ろに回ったその両手に、尻と太腿を揉まれて、シャレアはすぐに甘い声を漏らすと彼の頭を抱えるように縋り付いた。

……もう何度抱かれたか、覚えていない。

そのたびにシャレアの身体はリカルド好みに変えられて、今ではその全てを受け入れるように躾《しつ》けられている。

とはいえ、リカルドは決して無茶《むちゃ》な抱き方はしてこない。

時折強引なこともあるが、どんな時でも常に彼女の反応を見ながらより深い官能を与える努力をしてくれるからこそ、シャレアはこの淫らな行為に身を委ねることができた。

「……先日」

「……えっ……？」

片方の胸を可愛がったら、もう片方へ。何かを吸い出すように、小さな果実をしゃぶりながら、リカルドが呟く。

「義姉上に、言われた。……最近、あなたの色気が……増したのではないかと」

「そんなこと……あっ、ん……」

「私も、そう思う。あなたを見ると……熱が滾《たぎ》って、我慢できなくなる」

かあっと、シャレアの胸元から上の肌がこれまで以上に赤く染まる。

確かに跨がる両足の間にぐりっと腰を押しつけられると、そこが熱を持って固くなっているのが判るからなおさらに。

「社交界でも、噂になっているそうだ。……無愛想な公爵を、骨抜きにする奥方はどれほどの妖婦なのかと……」

「そんな、人をまるで魔女みたいに」

拗《す》ねたように軽くリカルドを睨むと、彼は低く笑った。その吐息が胸の肌に触れて、また甘い声が漏れそうになる。

「そうだな。だが私もそんな気分だ。まるで魔女の魔法に掛けられたみたいに、あなたに夢中になっている」

夢中になっている。

その言葉に、どきっと胸の鼓動が高鳴った。

彼の唾液で濡れた両方の乳嘴が外気に触れて冷え、ますます固く尖る。

そこに息を吹きかけられると、それだけでビクッと肩が跳ね……もう、と小さな抗議の声を上げて、その頭を己の柔らかな胸に埋まるように掻《か》き抱《いだ》いた。

「魔法に掛けられているのは、私の方です。今度、同じことを言われたら、そう答えてください」

「そうしよう」

ちゅっ、と乳房に口付けられた。

柔らかな胸の膨らみを堪能するように頬をすり寄せ、舌を這わせ、そして下肢ではくつろげた己自身をシャレアの両足の間へと押しつけてくる。

今夜はまだ直接触れられていないのに、そこは既に準備を終えてほころび……そして押し当てられたものを柔らかく呑み込んでいく。

「あ、あ、あああっ……‼」

背筋が仰け反る。後ろに倒れそうになる腰をリカルドが支えながら、突き出す格好になった乳房に再び吸い付き、愛撫を繰り返す。

そうしながら繋がった腰を下から突き上げるように揺さぶられると、もうシャレアの口からは喘ぎ以外の言葉は出てこない。

「あ、あぁん、あ、リカルド様、ああ、いい……！」

「私もだ……ああ、本当に可愛い……あなたは私を、どうしたいんだ……」

浮かされるようにそんなことを言われても、リカルドの方こそシャレアをどうしたいのだと問いたいくらいだ。

本当に、魔法に掛けられたみたいだと思う。

自分がこんなに快楽に弱い女だったなんて知らなかった。もう何も知らなかった頃には戻れない。

それもこれも全部、この人のせいだ。

「リカルド様……リカルド様ぁ……！」

甘い声でその名を呼びながら、彼の腰の上に座り込み、健気なほどの力で彼に縋り付いた。

そんなシャレアを正面から深く懐に抱え込み、リカルドは腰を揺らし続ける。ピタリとくっついた姿勢のままでは動きづらいだろうに、お構いなしに。

まだ中途半端に互いの身体に引っかかったままの寝間着は、すっかりぐしゃぐしゃだ。

繋がった場所からもぐちゃぐちゃとひどい音がする。

そんな耳を塞ぎたいほどの音にさえ自分の身体は興奮し、より奥へ、より深くへと彼を導くように蠢いてしまう。

「ふか、深い……っ」

「あなたはここが好きだな……」

知らず知らず、シャレアの腰も動いていた。より感じる場所に、より好む場所へ当たるように。

縋り付く両腕にさらなる力がこもる。

潰れた胸がリカルドの胸に擦れて、それさえ背筋を痺れさせるほどに気持ち良い。

身も世もなく喘ぐシャレアはその夜、場所を寝台に移してもリカルドに深く愛され、そして溢れるほど注がれた白濁を身体の最奥へと呑み込んだ。

どうかこの幸せがずっと続いてほしい、と心から願う。

けれど後で思えばこの頃には既に、二人の幸せに水を差す出来事は動き始めていて、それはゆっくりと近づいていたのだろう。

まるで音もなく、気配もなく、足元に忍び寄って牙を剥《む》く機会を窺う、毒蛇のように。


リカルドがシャレアの叔父であるパトリックと顔を合わせたのは、社交シーズンが始まってすぐの紳士クラブでのことだった。

身分や立場のある男性だけが出入りすることを許されたそのクラブに所属することは一種のステータスだ。

この場で得られる情報や伝手《つて》、人脈は侮れないため、これも仕事の一部と割り切って定期的に顔を出すようにしている。

そんなクラブでパトリックの姿を見たのは、実はこの時が初めてである。

彼はどこか物慣れない所在なさげな様子で、誰かを捜すように周囲を見回していた。

普段ならば特に気にすることなく背を向けていたところだが、シャレアの叔父と思えばそんな非礼を働くわけにはいかない。

「こちらでは初めてお会いしますね、ハワード卿」

リカルドから誰かに話しかけることは滅多にないせいか、周囲から人々の視線が注がれるのが判る。

目を丸くしているパトリックの様子に驚かせてしまったかと申し訳なく思ったが、その申し訳なさは顔に出ることはなく、相変わらず無表情になってしまう自分に内心リカルドは呆れた。

そのせいか、パトリックも表情が硬い。そのまま、一礼してきた。

「……お久しぶりです、バルド公。シャレアは元気にやっていますか」

「ええ。元気です。良ければ是非、会いに来てやってください。きっと喜ぶでしょう」

とは言いつつも、パトリックが自らバルド公爵邸へ来ることはないだろう。

リカルド自身はシャレアが喜ぶならいつ来てくれても構わないと思っている。

むしろ寄りつこうとしないのはパトリックの方だ……この叔父は、シャレアとの結婚が決まった時からずっとこうだ。

ぎこちない笑顔を浮かべながら、しかしその目には強い警戒を宿している。

まるで姪との結婚に今も納得していないと言わんばかりに。

最初はその理由は社交界であまり良い噂のない自分との結婚を案じてのことかと思っていたが、シャレアとの睦まじさが認知されるようになった今も、パトリックの警戒が緩む気配はない。

彼女の身内であればこそ、無条件で親しくしたい……とまでは思わないにしても、最低限親戚付き合いができるような関係になれればと思うのだが、先は長そうだ。

しかしそれも無理はないのかもしれないとも思う。

つい先日までハワード家の財産はリカルドが派遣した監査官によって管理されていた。リカルド自身に財布を握られていたようなものなので、パトリックからすれば面白いわけがない。

しかしリカルドがいつまでも伯爵家の財布を握るつもりはないし、現実的な話ではない。

だからこそ立て直しの見込みが立ち、そこまでのお膳立てを整えた上で最近になって手を引いたのだが、パトリックの警戒は現在も継続しているようだ。

一礼を残し立ち去って行く彼の姿をなんとなしに視線で追うと、探し人が見つかったのだろう。パトリックが誰かと合流し、別室へ移動する姿が見えた。

だが誰と会っているのか、その相手の顔はちょうど観葉植物の陰に隠れて見えなかった。

「……有用な社交に励んでいるのなら良いのだが」

自分たち夫婦が社交界で注目されているのと時を同じくして、実はハワード伯爵家も密かに注目を浴びていることをパトリックは気付いているだろうか。

何しろいつ破産するか判らないというほどにまで落ちた家が、突然国の貴族の頂点に立つバルド公爵に救われて返り咲いたのだから。

そしてその姪が今や公爵の愛妻となれば、伯爵家を利用しようと考える者も少なからず存在する。

パトリックに人を見る目があれば良いが……過去のことを思うと、それはあまり期待できないかもしれない。

シャレアのことがなければ、それもまた自己責任だと放っておくところだ。

さすがにパトリックも懲りているだろう。そう簡単に再び騙《だま》されるようなことはない、と思いたい。

だが悲しいかな、リカルドは知っていた。

騙される人間は何度だって騙されるし、騙す人間の手管《てくだ》は巧みだ。

「……少しばかり、注意しておいた方が良さそうだな」

シャレアのためにも、これがただの自分の考えすぎであれば良いと思う。

でも、そういった希望的観測でパトリックを信じることができるほど、リカルドは楽観的な人間ではなかった。

援助を受けて、監査官まで派遣して、家の建て直しに多大なる協力をしているリカルドに対してシャレアは心から感謝してくれている。

それだけでもリカルドにとっては手を尽くす価値があるのだが、しかし当の本人であるパトリックは違うようだ。

先ほどのパトリックの様子からしても、自分が彼の信頼を得ていないことはなんとなく肌で伝わってくる。

恩を売るわけではないが、パトリックはシャレア以上にリカルドに感謝しても良いはずなのだが、頑なに心を閉ざす理由は一体何だろう。

プライドだとか意地だとか、そんな判りやすいものではない、何か根深い理由があるように思えて仕方なかった。

第五章　縺《もつ》れた糸の解き方

リカルドから紳士クラブでパトリックと会ったということは、その日のうちに聞いていた。

「叔父様が？　珍しいですね、そういった交流の場はあまり得手ではないはずなのですが……」

「交流自体はむしろ喜ばしいことだ。今のハワード伯爵家は、言っては何だが腫れ物扱いに近い。家を盛り返すためには、どうしたって社交が重要になるから」

それはその通りだと思う。

貴族としてやっていく以上、他家との付き合いは切っても切れない。

「叔父様はお元気そうでしたか？」

「ああ。あなたは元気か、と気にしておられた。是非我が家へ来てほしいとも伝えたが……」

恐らく来ることはないだろうな、とリカルドは考えているのだろう。

その後の言葉を濁す彼に、シャレアも苦笑で受け流す。

「私の方から、近いうちに一度顔を出そうと思います。お許しいただけますか？」

「ああ。あなたの実家なのだから、都度許可を得る必要はない。予定を事前に家の者か、私に直接伝えておいてくれればそれで良い」

「ありがとうございます。……すみません」

息をするように謝罪が口を突いて出てきたのは、リカルドに対する後ろめたさが原因だろうか。

本当だったら彼はここまで気を配ってくれる必要はない。バルド公爵という貴族最高位の人物から見れば、いくら由緒正しい家門であろうと、特に政治の中枢に関わっているわけでも重要な役職に就いているわけでもないハワード伯爵家が破産して断絶したところで痛くもかゆくもない。

それをただシャレアの実家だからという理由でここまで面倒を見てくれた。

現在の伯爵邸は最盛期には及ばないが、大分貴族としての体裁を保てるようになってきたと聞いている。

パトリックが監査官のアドバイスを守り堅実に過ごしていれば、三年もすればリカルドからの援助がなくとも生活を維持できるようになるだろう、とも。

日々資金繰りに頭を悩ませていた時に比べれば、まるで夢のような話だ。

考えてみれば、リカルドは随分割に合わない結婚をしたと思う。

借金の返済額もそうだが、ここまで手間を掛けさせられて、シャレアが嫁ぐだけでその労力に見合う対価になるはずがない。

そう思うと本当に申し訳なくなってくる。

どうか叔父が余計なことに気を取られず、感謝の気持ちを持って家の再建に努めてくれることを切実に願った。

シャレアがアマリアと共に実家であるハワード邸へ向かったのは、それから一週間ほど後のことだ。伯爵邸へ顔を出すと事前にセバスに伝えておいたら、気を利かせてくれたらしく、用意された馬車には伯爵家への手土産が積み込まれていた。

「ありがとう、セバス」

「どうぞごゆっくりなさってきてください」

素直に感謝して礼を告げれば、セバスもニコニコと送り出してくれる。

そのセバスの後ろに控えたマーカスは相変わらずニコリともしていないけれど。

前回実家に立ち寄ってから何ヶ月ぶりだろうか。リカルドからパトリックの話を聞いてから、妙に気になってしまった。

「リカルド様が仰っていたとおり、叔父様が前向きになってくれているならいいけれど……」

「きっと大丈夫ですよ。でも、事前にお戻りになられることを知らせておかなくて良かったのでしょうか？」

随伴するアマリアが少しばかり気にしたふうに言う。

「実家に帰るのよ？　畏まる必要はないでしょう？」

パトリックからはいつでも帰ってこいと言われている。

それに、事前に帰宅を知らせれば、叔父は色々と隠してしまうかもしれない。

いつ自分が帰ってくるか判らない、という緊張感はある程度の抑止力になるのではという目論見《もくろみ》もある。

抜き打ちのような真似をすることは叔父を信じていないようで罪悪感を覚えるけれど、正直なところ、叔父が堅実に伯爵家の立て直しに集中してくれるだろうかと思うとどうにも落ち着かない。

救われたことに安堵しているのは叔父も同じはずで、だからこそ同じ過ちをするほどに現状が見えない人だとは思っていないが……懐疑的な感情を拭い去ることができないのは、過去に経験した苦しみが深いせいだろうか。

もし少しでも怪しい様子があったら、しっかり釘を刺さねばと、そんな気持ちでハワード邸へ向かった。

「随分と雰囲気が変わりましたね。全体的に手入れが行き届くようになったというか……」

そして久しぶりに見た屋敷は、門の外から見ただけでも明らかに小綺麗《こぎれい》になっていた。

錆付《さびつ》いていた門扉は綺麗に磨かれ、欠けていた石畳も補修されている。

門の合間から窺える庭は元の華やかさにはまだまだ及ばないけれど、敷地の外にまで突き出る勢いで伸びていた樹木の枝は払われ、枯れたものも除去されているようだ。

「良かった。手入れができるくらい、本当に余裕ができてきているのね」

まずは外側からだけでも生活の向上が窺えてホッとした。

この分なら自分の心配も杞憂《きゆう》だったようだ。

「失礼ですがどちら様でいらっしゃいますか。旦那様とのお約束はございますか?」

シャレアを乗せた馬車が正面門へと辿《たど》り着《つ》いた時、それ以上の進行を止めてきたのは見覚えのない門番だ。

シャレアが嫁いだ後に新たに雇われた者らしい。

アマリアが馬車の窓から顔を出し、告げる。

「こちらにいらっしゃる方は、シャレア・ロア・バルド公爵夫人でいらっしゃいます。ハワード伯爵様の姪御《めいご》に当たる方よ。今後お名前とお顔を必ず覚えておくように」

告げられて門番はハッとしたように背筋を伸ばすと頭を下げる。

謝罪の声が馬車の中まで聞こえてきたが、この時シャレアが気を引かれたのは新人の門番ではなく、正門の内側に停《と》まっている別の馬車だ。

どうやら自分たちより先に来客があったらしい……が。

「あの馬車……」

目にした瞬間、ギクリと心臓が嫌な感覚で軋み、冷たい汗が背筋を流れ落ちたように感じた。

その馬車に嫌と言うほど見覚えがあったからだ。

忘れるはずもない。

去年の今頃、パトリックへと高利の借金を貸し付け、毎日のように押しかけては嫌と言うほど自分たちを苦しめてきたオーブリー商会が所有する馬車だ。

馬車の中央に掲げられた純金製の特徴的なシンボルを今もはっきりと覚えている。

「どうして……！」

言葉を失った。

求められていた返済はもう全て終わったはず。リカルドが全て、終わらせてくれた。

今更パトリックがあの金貸しと付き合う理由はないし、あってはならない、それなのに。

シャレアが愕然《がくぜん》としている間に、屋敷の正面エントランスから使用人に見送られて外へ出てきた者がいる。

間違いなく、商会の頭取である、オーブリーその人だ。

忘れもしない、これ以上はもう無理だと覚悟を決めた時、シャレアに身売りを囁いた、あの……

「……っ……」

震える唇を噛みしめる。それ以上何も言えずにいる間に主人を乗せたオーブリーの馬車が、シャレア達の馬車が止まっている門の前までやってくる。

すれ違い際に、小窓ごしにこちらを目にしたオーブリーがシャレアに気付いて、ニヤリと口の端を釣り上げたのが判った。

不敵なその笑みに、背筋が凍る。

「シャレア様……」

真っ青な顔で沈黙するシャレアの様子を、アマリアが不安そうに見つめてきた。彼女もまた今すれ違った馬車の主が誰かを理解している。

「……あの商人は、またいつからこの屋敷に出入りするようになったの?」

すぐにアマリアが門番に尋ねたところ、門番がこの家に勤めるようになったのは三ヶ月ほど前だが、その頃には既に月に二、三度は訪問してきたらしい。

バルド公爵家の監査官がいない隙を縫うように。

「すぐに馬車を屋敷の前に付けて」

言われるままに屋敷の真正面へと近づき停まった馬車から、御者のエスコートを受けるよりも早くに外へと降りたシャレアは、たった今客人を見送って屋敷内へと戻ろうとしていた使用人が慌てて駆け寄ってくるのも構わずに中へと踏み込んだ。

「突然困ります、お客様! 一体どちら様で……!」

執事服に身を包んでいるが、その執事も見覚えのない人間だ。

一度は全ての使用人を解雇してしまった後の雇用だから、現在の使用人の大半がシャレアの顔を知らなくても仕方がない。

だが今はいちいち名を尋ねられ、足止めされるのが面倒だ。

「私はシャレア・ロア・バルドよ。前伯爵の娘であり、パトリックの姪です。叔父様はどこ?」

「こ、これは失礼いたしました……! 旦那様は先ほど書斎に……」

「そう。場所は判るわ、案内は結構よ」

「お、お待ちください! 今旦那様に報《しら》せを……!」

「不要よ。書斎には誰も近づけないで」

オロオロと行く手を遮ろうとする執事だが、シャレアに突っぱねられ、アマリアに睨まれてその場で立ち尽くす。

そんな執事をその場に残し、迷いのない足取りでパトリックの書斎へと向かったシャレアは、ノックもそこそこに扉を開いた。

「な、なんだ⁉　シャレア……⁉」

完全に虚を突かれた様子でパトリックが振り返った。

つい先ほどオーブリー商会の頭取との面談を済ませた後だからか、その手には数枚の書類が握られている。

大股に叔父の元へと歩み寄ったシャレアは、無言でその書類をパトリックの手から奪うように抜き取ると、素早く書面に視線を走らせた。

そしてそこに記載された内容に、愕然とする。

借用書だ。

それも巨額の……複数枚に分かれているそれは、短期間に日付を変えて次々と借り入れの額を増やしている。いずれも監査官が役目を終えた後の日付だ。

一番新しい日付はまさに今日で、その全てを合計すると前回の借金総額のゆうに三倍に及ぶ程の金額になっていた。屋敷や残った領地も全て担保に入っている。その金額を認めた時、それこそ足元の床が崩れたような気がして、身体が揺れる。

かろうじて踏みとどまったのは、ここで倒れている場合ではないという、ただその一心だ。

「……これはいったい、なんです？　こんな大きな金額、一体何に使ったのですか‼」

つい大きな声が出た。今までどれほど苦難に陥っても、ここまで大きな声をパトリックに向かって上げたことはない。

しかし今は違う。

懲りたはずだ。

リカルドや多くの人に迷惑を掛けながら、それでもやっと立ち直る見込みが立ったはずだ。

もう二度とあんな惨めなことにならぬようにと、並の人ならば襟を正し堅実に過ごすことを誓うはずだし、きっとそうしてくれるはずだと信じていた。

それなのに以前とは比べものにならない金額の借金を、今新たに背負い込む理由が判らない。

悲痛なシャレアの声にパトリックは気圧されたように顎を引き、けれどすぐに誤魔化すように笑って、辿々しく言い訳を始めた。

「と、投資だよ。大丈夫だ、前回よりずっと安全で確実なものなんだ。三ヶ月もすれば、その金額の倍になる。借金なんてすぐに返せる」

「……」

「そうすれば、バルド公爵家からの援助や支度金も纏めて返してやれる。お前が嫁ぎ先で肩身の狭い思いをする必要もなくなる。誰にも迷惑は掛けない、すべては家とお前のため……」

「判っているのですか」

叔父の言葉を遮り、鋭く問い返した。

パトリックは相変わらずオロオロと気の弱さを表すように視線をあちこちに彷徨わせ、両手を握ったり開いたりと繰り返す。

「な、何を……」

全く、何も判っていない叔父に、これほど強い怒りを抱いたのはこれが初めてだったかもしれない。

以前は家のためと自分のために焦った結果のことだと思っていた。パトリックに任せて、早くに気付かなかった自分も悪い、叔父だけの責任ではないと。

でも今は違う。

「あの商人がこれほど大きな金額を貸し付けた理由です。今、このハワード家はバルド家の援助を受けてかろうじて貴族として踏みとどまっている。この家にお金がないことはあちらがよく知っているはず。回収見込みのない金額を、黙って貸し付けるような相手ではありません」

「それは、それほど投資が成功する見込みが高いと……」

「違うわ。あの人達はバルド公爵家をアテにしているの。借金を背負っても、いざとなったらまたリカルド様がお金を出すと思って、こんな金額を貸し付けたのよ！」

そうでなければこんな金額、考えられない。

いざとなった時、きっとリカルドはまた助けようとしてくれるだろう。

シャレアの実家を破産させるわけにはいかないし、妻の実家を見捨てたとなったらバルド公爵家の名にも泥を塗る。

一度関わったからには、出さざるを得ないのだ。それを知っていて、オーブリーはパトリックに金を貸した。

それも監査官の管理下から逃れてすぐに……これはもう、事前にその時を狙っていたとしか思えない。

だが一番の問題は、機会を狙っていたのはオーブリよりもパトリックの方だ。

どれほどリカルドに世話になったか判っていて、それなのに裏切るような判断をするなんて。

しかもあの商人は、シャレアに身売りを唆すような人間なのに……パトリックに心配をかけまいと黙っていたことが、完全に仇になった。

「どうしてこんな……恩知らずな真似を……」

頭を掻《か》きむしりたい気分だった。

リカルドになんと言えばいいのだ。

「……借りたお金はどこです。今ある分だけでも全て返してください」

これだけの金額だと利息も相応のものになるだろうし、投資契約の破棄にはそれ相応の賠償金が取られるだろうが、つい先ほどオーブリーが来たばかりなのだから現金、もしくは小切手はまだパトリックの手元にあるはずだ。

とにかく借金を一日も早く返済して、パトリックに今一度状況を理解させなくてはならない。

シャレアから今まで向けられたことのない鋭い視線を受けて、パトリックは完全に萎縮していた。

あの、とか、だが、とか、要領の得ない言葉をモゴモゴ口にする叔父に「早く！」と急《せ》かす言葉を向けようとした時だ。

「……か、金は、今、ここにはない……」

「ならばどこにあるのです。少なくとも今日借りた分はまだ手元にあるでしょう？　つい先ほどのことですよ」

「……それは、その……オーブリーに……」

意味が判らなかった。

「現金を受け取らずに借用書にサインしたのですか？」

何度も言い淀《よど》むパトリックから、どうにか聞き出した話はこうだ。

パトリックはオーブリー商会から金を借りた。そしてその金は仲介しているオーブリー商会から先方に支払いがされるので、パトリック自身は借りた金に指一本触れていないのだ、と。

予想しうる最悪の状況に文字通り足元から力が抜けた。

ぐらりとその場に膝から崩れ落ちるように座り込んだシャレアを慌ててアマリアが支えてくれるが、そのアマリアの顔もひどく青ざめている。

これがどういう状況か、侍女の彼女でも理解している。

それなのにパトリックは全く状況を理解できていない様子で、逆にこちらを宥めようとする始末だ。

「大丈夫だ、シャレア。確かに前回は失敗してしまったが、今回は本当に信用できる話なんだ。何ヶ月も前から、先方とは何度も会ってじっくり話を詰めてきたから……」

「……何ヶ月も前から？　リカルド様が家を立て直そうと援助してくれて、監査官まで派遣してくれていたのに、その目を盗むように？」

「……目を盗むとはひどい言い方だな。お前は私を信用してはくれないのかい」

さすがにパトリックも自分を理解しようとしないシャレアの様子に苛立ちを覚えたようだ。

その声に僅かに険が宿り、それは不満そうな声となってこぼれ出る。

「信頼できるものなら、そうしたいわ。……でも……」

賭けてもいい。ほぼ百パーセントに近い確率で、投資は失敗する。

そもそもつぎ込んだ金が短期間で何倍にもなって戻ってくるほどの美味《おい》しい投資話なら、今頃社交界ではその話題で持ちきりのはずだ。リカルドが知らないはずもない。

大体パトリックが監査官の目を盗んで陰で動いていたこと自体、知られたら止められると判っていたからではないか。

「本当に大丈夫だ、今回は本当に信用できる相手なんだ。信じておくれ」

その言葉は、そうであってくれという願望にも感じられた。

もしかしたら、先日リカルドが紳士クラブでパトリックを見かけた時も、その信頼できる相手と会うためだったのかもしれない。

一体どう言えばこの叔父に今がどれほど危機的状況であるかを理解してもらえるのだろう。

半ば泣きたい気持ちで考えたその時、書斎に先ほどの執事がやってくる。

「旦那様。あの……オーブリー商会からお手紙が届いております」

つい先ほど頭取が帰ったばかりだというのに、ほぼ間を置かずに手紙とはなんだろうか。

あちらもシャレアと出くわして、自分の企《たくら》みが知られたと気付いたはず。この状況で、こんなタイミングの手紙は嫌な予感しかしない。そしてその予感は的中したようだ。

執事から受け取った手紙をその場で開いたパトリックは、内容に目を通し……そしてその手から手紙が滑り落ちるまで多くの時間を必要としなかった。

シャレアの近くまでヒラヒラと落ちてきたそれをアマリアが拾い上げる。

愕然としている叔父の傍らで、手紙を受け取ったシャレアが改めて読んだその内容は、やはり今予想できる最悪の報せが記載されていた。

それはパトリックが借金をしてまで申し込んだ投資の失敗を知らせるものだった。


その後シャレアは、叔父に今回の状況が判る書類を改めて用意させ、それを持って弁護士の元へ向かった。

その弁護士は父が生前親しくしていた人物で、前回のトラブルの時にも世話になった相手だ。

借用書の他取り引きに関する契約書、契約相手、事業内容諸々《もろもろ》一つも残さずに全て抱えて、突然押しかけるようにやってきたシャレアを弁護士は驚きつつも受け入れてくれたが、

「残念ながら前回同様、私が力になれることはなさそうです。契約書も借用書も、法に基づき作成されている。少なくともこの書面を見る限り抜け道はない、とお答えせざるを得ません」

と申し訳なさそうに首を横に振るだけだ。

「恐らくバルド公爵様は私よりもっと優秀な顧問弁護士をお持ちのはずです。そちらでなら何か良い案があるかもしれませんが……」

口ぶりからは望みは薄そうだ。それほどオーブリーの用意した書面は抜かりないということを再認識しただけである。

「シャレア様、旦那様にご相談しましょう。きっとまた、良いようにして……」

「駄目よ。多分オーブリーは前回の時は最初から全額回収できるなんて思っていなかった。搾り取るだけ搾り取って、半永久的に搾取するつもりだった」

元金が完済されるまで、残債には半永久的に利息が付く。たとえ相手に返済能力がなく貸し倒れてしまったとしても、その財産を全て吸い上げればオーブリーは充分すぎるほどの利益が出る。

骨の髄まで借金漬けにされる蟻地獄《ありじごく》のような図式だ。

それを突然リカルドが現れて一括で返済してくれた。

オーブリーとしても予想外の出来事で思惑が外れただろうが……恐らくその時に味を占めたのだ。

自分の手口は貴族、それも筆頭公爵と言われるほどの大物を相手にしても通用するのだと。

そしてさらに都合が良いのは、パトリックがどこまでも世情に疎く騙しやすい相手であったことだ。

今回、オーブリーの本当のターゲットはパトリックではない、リカルドだ。

公爵家の資産は複数の貴族の総資産を合わせても上回るほど潤沢で、まず取りっぱぐれる心配がない。その上貴族は体面と名誉を何より重んじる。

不名誉を被るくらいならある程度は金で片付ける場合も少なくないし、前回リカルドが黙って金を出したことで前例ができてしまった。

きっとパトリックを通じてシャレアを巻き込めば、リカルドから再び金を巻き上げることができると考えたのだ。

筆頭公爵に対して随分と命知らずな真似をするが、直接カモにしているのはリカルドではなくパトリックだというところが小賢《こざか》しい。

リカルドはその気になればいつでもこの問題から手を引くことができる。

彼自身が借りた金ではないから。

けれど今や社交界で知らぬ者はいないほど睦まじい夫婦だと言われている妻やその実家を、あっさりと見捨てたという不名誉と引き換えになる。

それをちらつかせることで、オーブリーは可能な限りバルド公爵家から金を引き出すつもりなのだ。

仮に今回またリカルドが助けてくれても、状況を理解していないパトリックはきっとまた同じ誘惑に手を出す。逆を言えばオーブリーが巧みに誘惑する。

「……リカルド様には何も言わないで。あの方をこれ以上巻き込む訳にはいかない」

「ですが、シャレア様……」

「何か方法を考えるわ。だから……今は黙っていて」

アマリアに強く口止めして、結局シャレアがその日バルド公爵邸へと帰宅したのは、晩餐間際のことだった。

しかしとてもではないが食欲なんてない。

リカルドが今夜は帰りが遅いと連絡があったことをこれ幸いと、

「ごめんなさい。少し頭痛がするの。夕食はいいわ。せっかく用意してくれたのにごめんなさい、皆で食べてちょうだい。今夜はもう休ませてもらうわね」

とセバスにそう告げて部屋に引きこもった。

実際に強い頭痛がしていたし、疲労感が半端ない。部屋に辿り着くなり、寝台に身を投げ出すように倒れ込んでしまったくらいに。

……正直なところ、パトリックに失望する気持ちは隠しようがなかった。

叔父にとって、自分を手放したことは過去の過ちを繰り返さない戒めにはならなかったのだろうか。

罪悪感を抱いてほしいわけではなかったけれど、理解と反省はしてほしかった。

結果的にシャレアが思った以上に豊かに暮らしている姿にパトリックの危機感も甘くなってしまったのかもしれない。

今回のことはシャレアには前回以上に悪質な詐欺としか思えない。

たとえパトリックが現金に指一本触れていなくても、オーブリーに金を都合してもらって、投資先の事業に資金をつぎ込む契約を交わしたことは事実だ。

助けを求めた弁護士にも言われた。

「こういったことは契約が全てで、詐欺に遭ったというのなら、その証拠を自分で揃えて法廷に提出しなければなりません。ですが……」

それを立証するのは生半可なことではない。

だから前回も、リカルドは詐欺の可能性が高いと認識しながら、立証することは難しいと判断して黙って金を払い、それで解決としたのだ。

だというのに……今回のパトリックの行為は、身内でも庇《かば》いようがないほど愚かだ。

以前自分を騙した相手に、二度も騙されるなんて。

そもそもああいう手合いはとにかく口が上手い……多少疑われていたとしても、パトリックのような人間を言いくるめることは難しくないのだろう。

けれど……騙された責任は、全てパトリックにあると言えるのだろうか。

パトリックにもっとも近い人間はシャレアだった。

（でも嫁いでからの私は自分のことを優先して、叔父様や家のことは監査官に任せっぱなしだった。それどころか叔父様の悲観的な発言が負担だからと、実家から足が遠ざかっていた）

もっと気に掛けてこまめに顔を出していたら、叔父の行動に気付くことができたかもしれない。

もっと繰り返し納得してもらえるよう説得できていたら、そもそもこんなうさんくさい投資話に飛びつかずに済んだかもしれない。

「暢気《のんき》だったのは叔父様ではなく、私の方だったのかもしれないわ……」

リカルドに借金を清算してもらったことで、家のことは全て終わった気でいた。

だが何を考えようと、既に手遅れだ。

せめて領地と領民への責任は果たしたかったが、手放すことが避けられない今は、それももう無理のようだ。

ああすれば良かった、こうすれば良かったと過去を悔いるより、これから先どうするかを考えなくてはならない。

控えめに部屋の扉がノックされたのはそう考えていた時だ。

「……私だ。シャレア、入るぞ」

リカルドだ。

シャレアが返事をする前に扉を開いて入室してきた彼は、表情こそやはりいつもと同じ無表情だったが、その眼差しはどこか心配そうだ。

きっとセバスから体調不良を理由に食事も取らず部屋に引きこもってしまったと聞いて心配してくれているのだろう。

どうやらシャレアは部屋に戻ってから随分長い間考え込んでいたようで、リカルドが帰ってくる時間になっていたことにも気付いていなかった。

……彼の顔を見ると、無性に泣きたくなった。

ああ、また迷惑を掛けてしまうのだろうか。

本来、彼には全く無関係な問題なのに。

彼は寝台の上で身を起こしたシャレアの傍らへと歩み寄ると、寝台の端に腰を下ろす。

そしてこちらの様子を窺うように告げた。

「具合はどうだ。辛いようなら、医者を呼ぶが……」

確かに辛い。でも辛いのは身体以上に、心の方だ。

喉元まで「助けてください」と訴える言葉がせり上がってくる。きっとシャレアがそう訴えれば、彼は躊躇いなく肯いて、再び解決のために手を尽くしてくれるだろう。

そして……今度こそオーブリーはバルド公爵という素晴らしい獲物に獣のように食いついて離さないだろう。

相手の弱味《よわみ》に付け込むことが素晴らしく上手い相手だ。

リカルドにとってシャレアが弱点だと確信したら、骨の髄までしゃぶり尽くすに決まっている。

何度かはあしらい、耐えられるかもしれない。でもそれが幾度も続いたら？

いつかシャレアはリカルドに、自分が苦しんだ二年間のような日々を与えてしまう日がくるのだろうかと思うと、ゾッと身体の芯が震える思いがした。

（……そんな屈辱を、この人に与えるわけにはいかない……そのくらいなら……）

そこまで考えたところで、言葉は自然と口から溢れ出ていく。

「……リカルド様。私と、離縁してください」

「……突然何を……シャレア？」

リカルドは素直に驚いたようだ。

それもそうだろう。これまで自分たちの間に別れを予感させるものなど何一つなかったのに、突然離縁してくれなどと言われたら驚かないはずがない。

判っていて繰り返す。

「お願いします。……別れてください」

リカルドには何も返すことができていない。

彼の子を産むこともまだできていないし、社交だって中途半端だ。公爵夫人に相応しいことなどまだ何もできていなくて、恩を一つも返せていない。

そもそもシャレアは離縁を申し出ることのできる立場ではない。

けれど、離婚してしまえばハワード家とバルド家の繋がりは断たれる。その後のハワード家の不祥事にリカルドが巻き込まれる理由はなくなる。

シャレアの方からひどいやり方でリカルドを裏切ったのだということにすれば、彼の名につく傷は最小限で済むはず。

今の自分たちに婚姻関係を継続することで得られるものはない。これ以上リカルドを巻き込まないためにも、離縁は避けられないとそう感じてしまった。

「シャレア。落ち着きなさい。安易な判断は良くない」

当然事情が判らないリカルドはそう言うだろう。

兆候が以前からあったのならまだしも、今朝まで自分たちは何の問題もない夫婦だったのだから。

「安易ではありません、ずっと考えていたのです。私はあなたには相応しくないと」

「待ってくれ、何があった。判るように説明してくれないか」

「今の生活に、飽きたのです。この先、公爵夫人として未来を決められて生きることが急に息苦しくなりました」

「シャレア、頼むから話を……」

「約束を果たすことができなくて申し訳ありません。ですが今後は愛人にしていただけますか？　妻としては無理でも、夜のお相手ならできます」

故意に婀娜《あだ》っぽく笑って見せた。

まるで蓮《はす》っ葉《ぱ》な娼婦《しょうふ》のように……もっともシャレアは娼婦と直接会ったことがないので、どれほど真似できたかは判らないけれど、途端に顔色をなくしたリカルドの表情からある程度の効果はあったのだろうと判断できる。

どうか、怒ってほしい。そして軽蔑してほしい。

自分に心など残さないように、徹底的に。

「明日にも失礼させていただきます。いただいたものはお返ししますから、どうぞ売るなり捨てるなりしてくださいませ」

「……」

リカルドは答えなかった。

結婚してから今まで、彼の無表情は毎日のように見てきて、一見無表情に見えてもその内側の感情を察することができるくらいにはなっていたはずなのに、今の彼の無表情はシャレアでも全く本心が判らない。

それくらい、彼は凪《な》いだ表情をしている。

「セバスにも言いましたが、頭が痛いので今夜はもう休ませてください。それとも……このままお抱きになりますか？　どんな求めにも応じますし、どれほど乱暴にしていただいても構いません」

自分でも呆れるくらい薄っぺらい言葉だ。人生において、こんな中身のない発言をする日が来るとは思っていなかった。

案の定リカルドは答えず、それからたっぷり数十秒は黙り込んだ後でおもむろに背を向け、部屋から無言で出て行ってしまう。

きっと軽蔑された。呆れられた、どうしようもないくらいに。

そう思うと、自分で望んだことなのに、堰《せき》を切ったように涙が後から後からこぼれ落ちる。

「ふっ……うっ、う、ひっ……っく……」

声を上げて泣きたかったけれど、そんなことをすれば廊下に響いてしまう。

毛布を引き寄せ、それに顔を埋めて、声を殺して泣いた。

こんなに涙が溢れて止まらないのは、両親を亡くした時以来だ。理由は違っても、大切な人を失ったと感じる心の痛みはシャレアの心をさらに深く傷つける。

心にぽっかりと空いた穴は、きっと生涯埋まることはない。

(夢を見たのだと思えば良いわ。自分に不相応の、素敵な夢。愛したことも、愛されたことも、ぜんぶ大事に心の中にしまっておこう)

正式な離婚には時間がかかるだろう。

貴族の婚姻も離婚もそう簡単な手続きでは済まないから。

でも大事なのはシャレアとリカルドが道を違えたと言うことが知れ渡ることだ。

この先リカルドから何も引き出すことができないと判れば、オーブリーも彼から手を引かざるを得ないだろう。

結果、今度こそハワード伯爵家は消滅するだろうし、パトリックもシャレアもまともな人生を歩むことはできない。

でもそれも身から出た錆《さび》だ。

「人知れず人生を終えるなら、逃げてみるのもいいかもしれない。オーブリーに支配される人生が待っているなら、一度くらい夜逃げを試してみるのも悪くないわ」

心にもないことを呟きながら、目を閉じた。

(ああ、でもアマリアのことだけはちゃんとしてあげないと……連れて行くより、ここに残していく方が良いかもしれない)

連れて行けば苦労させるし、何より彼女までオーブリーの犠牲になってしまう。

こんなことになっても結局リカルドの慈悲に期待せざるを得ないし、アマリアにも不義をしてしまうけれど、彼は悪いようにはしないだろう。

「……本当になんて身勝手な女。これじゃあ、本当に捨てられても文句は言えないわ……」

再び呟いて目を閉じた。熱い涙が目尻からこぼれ落ちて、抱え込んだ毛布へと染み込み、消えていった。


結局シャレアが身支度を調えて部屋を出たのは、月の位置が頂点を越えた深夜である。

リカルドとアマリア宛てにそれぞれ手紙を残し、鞄《かばん》一つだけを抱えて外へ出た。

宣言どおり彼から与えてもらったものは、その殆どを置いてきた。

数少ない持ち出したものは、今身につけている衣類と、以前リカルドからもらった公爵家の紋章入りの絹のハンカチ、そして……彼との結婚指輪である。

（……本当なら、何よりこれを返さなければならないけれど……これだけは……ごめんなさい、許してください……）

手放そうとして指から外しても、どうしても置いてくることができなかった。

未練だと言われればその通りだ、でもこの指輪はシャレアが初めて異性を愛し、心も身体も捧げた人への想いが籠もっているものだ。

手放すことを考えるだけで、心が壊れてしまいそうで……ぎゅっと唇を噛みしめる。

溢れそうになる感情を堪えて一人、屋敷を出るにはかなり手間取った。

黙って抜け出すための充分な下調べもできていないし、夜間屋敷中の出入り口は全てセバスによって施錠されていて、出入り口の鍵をシャレアは持っていない。

結局一階の廊下の端の目立たない場所にある窓から、内鍵を開けて乗り越えるように外へ出た。

しかし次は広大な公爵家の敷地が行く手を阻む。馬車や馬を使うことは当然できず、徒歩で門に辿り着くまで一苦労。着いたらついたで門には寝ずの番がいる。

だが嫁いできた際、いざという時の脱出方法として隠された出入り口があることを教えてもらっている。

そこからそっと外へ出て、後はできる精一杯の速度で駆け出した。

幸い、バルド公爵邸からハワード伯爵邸まではそう遠くない。女の足でも一時間も歩けばたどり着ける。

こんな時間帯に外歩きをするなど正気とは言えないけれど、貴族の邸宅が並ぶ通りで襲ってくる不埒《ふらち》な者の存在には幸い行き当たることなく、どうにかハワード邸に到着してしまえば、後は勝手知ったる実家だ。

間取りを完璧に把握している上、最低限の使用人しかいない屋敷に侵入するのは難しくなかった。

さすがにこんな日に眠ることは叔父にもできなかったらしい。パトリックの部屋からは、淡くランプの明かりが漏れていた。

数時間前に倒れそうなほど青ざめた顔をして別れたはずのシャレアがこんな時間に、たった一人で忍んできたことに彼はひどく驚いたけれど、旅支度をしている彼女の姿を見ただけで察したらしい。

「……私と一緒に、逃げてくれるのかい」

絶望の中に、僅かな光を見つけたような顔をして、叔父はそう言った。

その目が潤んでいるのは、彼自身もう逃げるしか道はないと思い詰めていた証拠だろうか。

「急いで荷物を纏めてください。できる限り小さく身軽に。お金は持てるだけ持って」

「逃げられるだろうか……」

「判りません。でも時間が経てば経つほど難しくなるはずです。行けるところまで行ってみましょう、諦めるのは捕まってしまってからでもいいわ」

「……お前はそれで、本当にいいのか？」

答えずに、シャレアは笑った。泣きそうな笑顔だ。

心残りは、一番大切な人にちゃんと謝罪とお別れができなかったことだけれど、上手く逃げ延びることができて、手紙を出す機会が得られたらその時にはきちんと告げようと思う。

もっとその時は、シャレアの手紙なんて読んでもくれないかもしれないけれど。

「それよりも急いで！」

オロオロと動き始めたパトリックを手伝って、クローゼットの中から彼の旅行鞄を引っ張り出し、床に広げたその時だ。

ガシャン、と何かが割れる音と、扉が叩き付けられるような派手な音が響いた。

ビクッと肩を大きく震わせるとその間にも物音は大きくなり、その音はすっかり手が止まってしまった二人の元へとすぐに迫ってくる。

「一体何が……」

まるで押し込み強盗でもやってきたかのようだ。

そう思ったが、あながち外れてはいなかったらしい。

程なく二人がいるパトリックの私室の扉が大きく開かれ、その向こうから幾つものランタンを掲げた人々が複数踏み込んでくる。

淡い灯りしかなかった部屋の中で、全てを曝《さら》け出すような幾つもの灯りに照らされて姿を見せたのは、自分たちをどこまでも追い詰める商人その人だった。

「夜逃げとは、由緒ある伯爵家の方がなさることとは思えませんな。困りますよ」

「……オーブリー……」

昨年顔を合わせた時よりもさらに横幅を広げた商人が、ニヤニヤといやらしく笑っている。まるでこちらの考えることなど手に取るように判る、と言わんばかりに。

そのオーブリーの背後に、昼間見たばかりの複数の顔がある……新たに雇い入れられた使用人たちだが……なるほど、どうやら彼らはオーブリーの息がかかっているのか、こちらの動向を監視する役目を担っていたらしい。

使用人から報せを受けてきたにしてもシャレアが屋敷へと来てから、ここにくるまでに早すぎるから、きっと元々こうなるだろうと予測して張っていたのだろう。

所詮世間知らずの娘と貴族が考えることだ。この手のことには慣れているだろう悪徳商人には、追い詰められた人間がどんな行動に出るのかなど全てお見通しらしい。

唇を噛みしめるシャレアにオーブリーは一見朗らかに、けれど実に油断のない目を向けると口の端を釣り上げた。

「世間知らずのご婦人が随分と行動的でいらっしゃる。こんなことをせずとも、ご夫君に泣きつけば、すぐに解決することでしょうに。大変仲の良いご夫婦だと伺いましたが？」

「……あの方とはお別れをしてきました。金輪際バルド公爵様が私たちに関わることはありません。アテが外れて残念ね？」

「これはこれは……大人しくか弱い女性だと思っていましたが、どうして意外とお気が強い。あなたには同情しますよ。人の足を引っ張ることしかできず、姪を身売りのような結婚をさせても懲りない愚かな叔父に人生を台無しにされるなんてね」

毒をふんだんに含んだオーブリーの発言は、的確にパトリックの心を突き刺したようだ。

「そのようなお荷物など、さっさと見捨ててしまえば楽でしょうに、それができないのが家族の情というものですか。まあそのおかげで私どもも美味しい思いをさせていただける」

……実際に、シャレアがパトリックを見捨てることができていれば、それこそリカルドとの生活を守ることができただろう。

一度借金を返済し助けてやっただけで充分だ。二度はない、と突き放せばそれで終わった話だ。

正直、シャレアだってそれを考えなかったわけではない。

けれど……パトリックの面差しは父によく似ている。

それに、本当に可愛がってもらってきた……たとえその愛情が空回りしていても、パトリックが自分を愛してくれている気持ちは疑いようがなく、人生の邪魔になるからという理由で見捨てることができないくらいには、シャレアも叔父に向ける情は深い。

そのパトリックは既にもう終わりだと察したのか、力尽きたようにその場に座り込んでいた。

「さて、どうしましょうか。私としましてはお貸しした分は返済いただくしかありませんが……担保であるこのお屋敷と、残された領地はもちろんいただきますが、それでもまったく足りないでしょうねぇ」

「担保に見合わない金額を貸したのはそちらの落ち度よ。それに元々金銭的損失など一つも負っていないのでしょう？　これ以上欲を掻くと却って損をするのではありませんか？」

「おや手厳しい」

「間違っても残債をバルド家に請求するなんて真似はしないことをお勧めします。一度成功したことで随分気が大きくなっているようだけれど、本来はあなたなど足元にも近寄れない方よ。筆頭公爵家を甘く見ない方が良いわ」

内心、スカートの下で両足が震えているのを止められない。

金を返すことも、逃げ出すこともできずでは、その後どんな未来が待っているか想像もつかない。か弱いご令嬢のように「あっ……」とか細い声を一つあげて気を失うことができたら、どれほど楽だろうなんて、そんなことを大真面目に考えてしまうくらいだ。

そんなシャレアに向かって、オーブリーは考え込むように首を傾げると肯いた。

「そうですねぇ……残念ですが一理あります。ですが私も商売人ですので、回収の努力をしなくてはなりません。こうしませんか。先ほどご婦人はご夫君とお別れなさったと聞きました」

「……それが何か？」

「正式な離縁はこれからになるのでしょうが、それが済み次第、今度は私と結婚していただきます。この家の爵位は私が婿養子という形で引き継ぎましょう」

オーブリーの笑みはますます深まる。

「出戻りという点においてはケチがつきますが、それでもあなたはまだまだお若く、お美しい。元公爵夫人というのも、私の妻とするには箔《はく》が出て良いでしょう。伯爵位と美しい妻、それをもって今回のことは手打ち、ということでいかがです？」

「……そういうこと」

納得した。乾いた声しか出なかった。

結局、オーブリーは金の他に爵位を狙っていたのだろう。

商人にとって資産と同じくらい喉から手が出るほどほしいのが爵位だ。

金で買える爵位はせいぜい準男爵が限界だが、身分は平民のままだ。

より多くの権威を握るにはそれより上の爵位が望ましい……一番手っ取り早いのは爵位持ちの娘と結婚することだろう。正確に言えばオーブリー自身が当主になることはできないが、婿養子となれば子に受け継がせるまでの間仮継承として、伯爵位を名乗ることができるから。

「何を馬鹿なことを……ふざけるな！」

怯えていたパトリックだが、さすがにそんな話を聞かされて一瞬恐怖が薄れたらしい。

激昂《げきこう》したように声を上げるが、その怒りは長くは続かなかった。

ピシャリとオーブリーが告げたからだ、ぐうの音も出ないことを。

「あなたがそれを言える立場ですか？　大切な姪の人生を壊したのはあなたですよ」

「……な……」

「家のため、姪のため。そんな耳障りの良い言葉で何かを成している気になって、その実どれほど姪の心と身体を犠牲にしているか気付きもしないし、知りもしない。無知が通用するのは幼い子どもまでです。今のあなたが無知であることは、大きな罪だ」

「……っ……」

「同じ環境で過ごしてきたはずのシャレア殿がこれほど危機感を抱き、あなたのために全てを捨てざるを得ない状況に追い込まれ悲痛な覚悟をしているというのに、本当におめでたいことです。さすがに、あなたの姪御に同情を禁じ得ません」

ねえ、と共感するような眼差しを向けられて、シャレアは唇を引き結ぶ。

項垂れる彼女へとオーブリーはその手を伸ばし、滑らかな頬に触れた。

「ご安心を。役立たずな叔父に代わり、私があなたを大切にして差し上げましょう。それこそ、あんな無愛想な顔だけしか取り柄のない公爵よりもよほど深く、可愛がって差し上げます」

「……」

「ああ、楽しみですね。まずはあの公爵があなたをどう躾けたか教えていただきましょうか。清楚な淑女の仮面の下の、淫らな顔を見せてくださいもちろんどれほど泣いてくださっても構いませんよ、女性の泣き顔は興奮するスパイスの一つですから」

張り詰めていたシャレアの心に亀裂が走ったのは、この瞬間だった。

拒絶できない。拒絶すればオーブリーは筆舌に尽くしがたい手段で叔父に苦痛を与えるだろう。逃げることもできない。

そうしようとしたところできっと、一歩もこの部屋から逃れることすらできない。

……助けを求めることもできない。今更、どんな顔をして助けてと言えるのか。

でも。

「リカルド様を侮辱することは許しません。あの方は、人としても男性としても、あなたより遙かに素晴らしい方よ！」

シャレアの血の気の引いた唇から、血を吐くような言葉が迸る。

その様子にさえ興奮するかのようにオーブリーが笑った……その時だった。

「たかが薄汚い金貸し商人ごときが、随分と増長したものだ」

シャレアやパトリックとは明らかに違う、低い若い男の声に目を丸くしたオーブリーが振り返ろうとした時、それよりも早くに彼の身体の脇にガンッと音を立てて何かが突き刺さる。

剣だ。

使い込まれた黒光りのする柄と、これまた生々しい鋼色の刃が輝く業物《わざもの》と一目で判る長剣である。

迂闊《うかつ》に触れれば、シャレアの指など簡単に落ちるだろう。

「オーブリーと言ったな？　我が妻、我が身内への発言はこの耳でしかと聞いた。特に妻への暴言は王族侮辱罪となることを承知しているだろうな？」

我が妻、という言葉にオーブリーはその声の主が誰であるかを理解したらしい。

目の前の長剣の物騒な刃の輝きも手伝って、先ほどまでのふてぶてしい様子が嘘のように顔色を青ざめさせていく変化は、いっそ清々《すがすが》しいくらいだ。

後ろを振り返ることのできなくなった商人の肩を、親しげに背後から掴んでくる手の存在がある。

「私は公爵だが、それ以前に王の血を引くれっきとした王族だ。その私と婚姻を交わしたシャレアもまた、王族の一人であることを知らぬとは言わせん。遠回しな真似などせずとも不敬罪でお前の首を落とすことくらい簡単だ、ということを知らないのか？」

「ひぃぐっ……‼」

オーブリーが悲鳴と苦痛の混じった奇妙な声を漏らす。

彼の肩を掴むその手に骨を砕きそうなほどの力を込められていることは、見ているだけでも判った。

「ど、どうして……いつの間に……！」

奥歯を噛みしめるように問うオーブリーだが、同じことをシャレアも聞きたい。

どうして今ここに、彼が……リカルドがいるのだ、と。

呆然《ぼうぜん》と、涙に濡れた目を大きく見開くシャレアからはちょうど正面になる位置にいるリカルドは、

オーブリーの肩越しに数時間前、ひどい別れを告げたはずの妻をまっすぐに見つめている。

「無愛想だ、朴念仁だと言われ続けてきた私だが……妻のらしくない振る舞いに気付かないほど、鈍くはないつもりだ。アマリアからも話を聞いた。先に言っておくが無理に口を割らせたのは私だ、侍女を叱るなよ」

「……リカルド様……」

「むしろ叱られるのは自分の方だと覚悟しておきなさい、シャレア。あなたには言いたいことが山ほどある」

シャレアを見るその切れ長の目は変わらず無表情なのに、叱る、という言葉とは裏腹にその青い瞳には確かに慈愛の心が感じられて、シャレアの見開いた目から涙が零れた。

助けを求めては駄目だと嫌と言うほど判っていたはずなのに、自分の様子を気に掛けて、おそらくはあんなひどい言葉で別れを告げた後も行動を見守って、こうして密かに追ってきてくれていたのだろうと思うと、泣かないはずがない。

「……ごめんなさい……」

嗚咽を堪え、唇を震わせながら消え入りそうな声で呟くシャレアの謝罪に吐息を一つ漏らし、それからリカルドは再びオーブリーへと狙いを定めると言った。

「お前にも聞きたいことが山ほどある。先ほどの妻に対する侮辱もそうだが、このたびの詐欺行為についてもだ」

「さ、詐欺などと……！」

「お前は私を上手く出し抜いたと思っているようだが、あいにくと昨年負債を肩代わりした当時から、お前の商会については追っていた。一介の商人に出し抜かれたまま放置していると思っていたのなら、お前は公爵家を甘く見すぎている。精々後悔してもらおう」

「……そ、そんな……」

「このたびの実態のない投資事業に対しても、契約は否の打ち所のない文書を作ったようだが、金の動きまで全て細かく調べられるとは思っていなかったな？　契約ではお前の方から直接取り引き先へ投資額を支払うという契約内容だが、その支払いのために金が動いていない以上、借入契約も投資契約も成立していない。それにも関わらず、返済を求める行為はただの恐喝だ」

「それは……」

「途中までは上手くやっていたようだが、シャレアに気付かれたと知って、最後の詰めを焦ったな？」

図星を突かれたらしく、オーブリーの顔が真っ赤に染まった。

またリカルド曰く、オーブリーの被害者はパトリックの他にも複数存在するらしい。

「お前からゆっくり話を聞くために特等席を用意してある。一介の商人では一生立ち入れるかどうか判らん、王城の一室だ。一族郎党に自慢するが良い。もっともその機会があれば、だが」

淡々と語るその言葉に、オーブリーの顔色が今度は青ざめる。

「……お、奥方様……」

旗色が悪くなった。そう感じたとたん、オーブリーが縋るような視線を向けてきた。

だがもちろん、それにシャレアが応じることはない。

静かな怒りを込めた、冷ややかな視線を向ける彼女から、今度、オーブリーの視線が追ったのはパトリックだ。

しかしパトリックは、何も見えていない、何も聞いていないと言わんばかりに背を向けてしまった。

ミシッ、と商人の肩を掴む手の下から、いよいよ本格的に何かが軋《きし》む不気味な音が聞こえたのは気のせいではないだろう。

「ひっ……！」

この時のオーブリーの表情をなんと表現すれば良いのか。

結局最後の最後で全てを失うのは、過ぎた欲を掻いた商人自身となるのである。


オーブリーがリカルドとその部下達に引き立てられて王宮へと連れて行かれてから、再び夫婦が公爵邸で顔を合わせたのは、その罪が確定したとリカルドが屋敷に戻ってきた数日後のことだ。

彼がシャレアと顔を合わせるのは取り押さえたあの夜以来のことである。

その後パトリックと共に改めて公爵邸の応接室で向き合った三人は、ようやく腹を割って話す機会をここで得ることができたのだった。

「結婚前にハワード卿が詐欺に遭ったという疑いを抱いた時から調べさせていました。あの商会があくどいやり方でのし上がってきたことは、一部の業界では有名でしたので」

つまりリカルドの内偵はもう一年以上も前から行われていたことだったらしい。

「正直まさかハワード卿が再びあの商人と関わりを持つとは、思っていませんでしたが」

そう言われるとパトリックは何も言い返せない。

シャレアだって懲りずに二度も詐欺師に自ら叔父が接触するとは思っていなかったのだから。

「詐欺師の摘発についてはシャレアやハワード卿のためだけに行ったことではありません。他にも被害者が多くいることは問題になっていました。今回たまたま時期が重なっただけで、いずれあの商人は摘発されていたでしょう」

だが、と彼は言葉を句切る。静かにパトリックへと目を向けたリカルドは言った。

「なぜ、あのような男の話に耳を傾けたのです。このまま堅実に過ごせば、私からの援助に頼らずともいずれ自力で立て直せる見込みだと説明を受けたはずです。あなたには家でなく、残された領地と領民を守る責任と義務もあった。それにも関わらず、正常な判断ができなくなった理由はなんですか」

静かなその声はあくまでも事実確認を目的としたもので、パトリックを責める意図は感じない。

年齢で言えばパトリックよりリカルドの方が一回り以上も下のはずだが、落ち着き払った様子はその年齢差を逆転させているような錯覚を与えてくる。

一方で問われたパトリックはというと、相変わらず要領を得ない単語を並べながら、なんとか言い訳の言葉を探しているように思えた。

しかしいつまでも誤魔化せる問題ではないと、やっと覚悟したらしい。

「……私は……姪を……シャレアを、解放したかっただけです」

叔父の口から押し出すように零れた言葉に、シャレアは思わず、えっ、と声が漏れそうになった。

何のことかと思ったが、今は余計な口を挟まずにリカルドとパトリックの会話に耳を傾ける。

「解放とは、どういう意味です」

「……とぼけないでいただきたい。あなたが一番お判りのはずです。こちらの足元を見るような、無礼極まりない縁談の申し入れをしてきたのはそちらの方ではありませんか……！」

一度口火を切ると、パトリックの口からは次々と言葉が溢れ出た。

きっとこれまで不満に思っていて、けれど言えなかったことなのだろう。

感情が昂ったように声を荒らげる彼とは対照的に、やはりリカルドは冷静に言葉を返す。

しかし、そこには先ほどまではなかった戸惑いが感じられた。

「……確かに突然の縁談であった自覚はあります。ですが足元を見たと言われるほど、ひどい申し入れをしたつもりはありません」

「そのつもりはない？　愛されることを期待するなと、必要なのはハワード家の由緒正しい血筋で、借金を返済してやる代わりに子どもを産めと、姪にそう迫ったのはそちらではありませんか！」

「……一体誰がそんなことを」

「白々しいことを！　あなたが寄越《よこ》した使者がそう言ったのです！　望まれているのはあなたの後継を産むことだけだ、決して愛されたいなどとつまらぬ欲を抱くなと！」

　確かに言っていた。

「私は取り返しのつかない失敗をしました、領民に対しても不誠実だった。それは否定しません。ですがそちらの行いだって褒められたものではない。シャレアは兄が残した大切な一人娘です！　その娘をまるで子を産む道具だとでも言わんばかりに……いくら公爵家とはいえ、こんなひどい縁談の申し入れがありますか！」

　その言葉を告げたのは、使者としてハワード邸に訪れたマーカスだ。

　主人の命を受けやってきた使者の口にする言葉は、そのまま主人の意向となる。

　言ったのはマーカスでも、パトリックからすればリカルド自身が告げた言葉も同然だ。

　しかしここでリカルドは、誰が見ても判るほど驚いた表情を浮かべていた。

　それはまるで自分に心当たりのないことを言われた人の反応に見えた。

　いや、リカルドには本当に心当たりがないのだ。

「こんな侮辱を受けて、黙っていられるはずがありません！　あなたから姪を取り戻すためには金が必要だった。これまで受け取った全額を叩き返して、姪を取り戻そうとしただけです。それの何がおかしいと言うのですか！」

　その告白を聞いて、ようやくシャレアは理解した。

パトリックが金を作ろうとしたのは、家のためでも自分のためでもない。売られるように嫁いで行ったシャレアを取り戻そうとして、あんな無茶な投資に手を出したのだと。

もちろんそのやり方は正しいものとは言えない。

しかし真っ当に過ごしていては決して得ることのできない大きな金を作るために、叔父なりに考えた結果だと思うと、何ともやるせない気分になる。

パトリックは知らないのだ。嫁いでからシャレアがどれほどリカルドに大切にされてきたか。夫婦としてどんな日々を過ごしてきたか。

そこにあったのはただ夫婦として寄り添う時間だったことを。

（……やっぱり、もっとこまめに叔父様に会いに行くべきだったんだわ……どんなに大切にしてもらっていたか、きちんと話して聞かせれば良かった……そうすれば、こんなことにはならず、今頃叔父様は心穏やかに、堅実に過ごしてくださったかも……）

嘆く叔父の訴えが苦痛だと、説得を後回しにしてしまった自分を悔いた。

シャレアがそんな思いを噛みしめている間に、リカルドも自分なりにパトリックの訴えを理解したようだ。

どうやらリカルドと、パトリックとの間には大きな認識のズレがある。

そのズレを生み出したのは、紛れもなくバルド公爵家の使用人だ。

「……セバス。マーカスをここに呼べ」

三人に茶の用意をした後は、静かに部屋の隅へと下がっていたセバスがいる。

一見こちらも感情を抑えた冷静な表情をしているが、その目の奥には沈痛な思いを滲ませながら、深々と頭を下げて一度部屋を辞する。

セバスに伴われてマーカスがこの場にやってきたのは、それから間もなくのことだ。

「失礼します。お呼びと伺い参りました」

この時点でマーカスはセバスから何の説明も受けていない様子だった。

けれど入室した途端向けられた三対の視線と顔ぶれに何を感じたのか、一瞬気圧されたようにその顔を強ばらせる。そこにはこれまで散々見せつけてきた、慇懃無礼な様子は見て取れない。

「マーカス。私はハワード家に縁談の申し入れをするようにとお前を使者に出したが、その際にどんな発言をした」

「……そ、それは……申し訳ございません」

鋭くリカルドに問われて、マーカスは動揺したように視線を彷徨わせると、少しの沈黙の後で頭を下げた。

「詫びろと言ったわけではない。お前が私の名で、二人に何を言ったのか尋ねているのだ」

「……」

主人であるリカルドの問いに沈黙など許されないはずなのに、マーカスは答えない。

否、答えられないのだ。その顔色は真っ青に変わって、ブルブルと唇が震えている。

それだけでもう答えは判った。

あの時の発言は、全て彼の独断によるものであったのだと。

「これ以上同じ問いをするつもりはない。答えろ」

「……それは……」

何度も口ごもり、それでも結局マーカスがリカルドの問いに答えたのはそれから間もなくのことだ。

信頼して使者を任せたはずの使用人の口から、全ての発端となる非礼極まりない言葉を聞いたその時、リカルドは静かに深い息を吐いた。

失望と怒り、そして羞恥を堪えて目を伏せた彼は、もうマーカスの方へ目を向けることはない。

代わりに深々とパトリックに向けて頭を下げる。

「全て私の責任です。大変申し訳ございませんでした」

それは驚愕と言っても良い姿だった。

筆頭公爵、それも王族である彼が、格下の貴族相手に己の否を認めて深く頭を下げたのだ。

下手をすればバルド公爵家の名に泥を塗るも同然の行為である。

「そんな、リカルド様……！」

呆然とマーカスが声を上げる。しかしその彼の腕を掴み、黙らせたのはセバスだ。

祖父から今まで見たことがないほど鋭い視線を向けられて、マーカスはやはり青ざめた顔のまま口を閉ざすと、目の前のリカルドの姿を縋るように見つめる。

そんな主人の姿に彼はようやく自分が取り返しのつかない真似をしたと知ったようだった。

「私がシャレアに縁談を申し入れたのは、決して足元を見たからでも、子を産む道具と考えたからでもありません。出会った夜、ただ純粋に彼女に惹かれ、その彼女が窮地に立たされていることを知り、救いたいと思ったからです」

はっきりと告げるリカルドの言葉に、今度唖然《あぜん》としたのはパトリックの方だ。

「ですが私は自分の想いを表現することが極めて不得手で、それを改める努力を行ってこなかった。周りが私の顔色を読み、良いように動いてくれることを、無意識のうちに当然だと考えていたようです。その傲慢な振る舞いが使用人に誤解を与え、そして無礼な発言を許してしまいました。誠に申し訳ございません」

リカルドは、そんなつもりはなかった。マーカスが勝手に発言したことだ、などと言い訳はしなかった。逆に全て自分の責任だと、下げてはならない頭を下げて、許しを乞うている。

そんな姿にはパトリックもさすがに何も感じないわけにはいかないようで、叔父は困惑と戸惑いをその顔に浮かべながらもシャレアへと目を向けると、先ほどよりは落ち着いた声音で問いかけてきた。

「……シャレア、お前はそれを知っていたのかい」

「いいえ。……でも、もう一年近くも夫婦として過ごしてきたのです。その間私は、本当にリカルド様に大切にしていただきました。今もそうです。……ですから、最初の言葉とは何か行き違いがあったのではと、そう感じていました」

「……そう、か……」

「叔父様にも、そのように伝えて見守っていただけるようお願いするべきでした。言葉を惜しんだのは私も同じです。申し訳ございません……」

シャレアもまたパトリックに向かって頭を下げる。

二人からそれぞれに謝罪を受けて、パトリックはまだ驚愕から戻ることができていない。

これまでずっと正当化していた怒りの原因が誤解だったことが判明した今、パトリックがどれほど筋違いなことをしていたかが浮き彫りになる。

姪の幸せのために手元に取り戻すことを目的としていたのに、逆にその姪の幸せを壊そうとしていたとようやく気付いたのだ。

それも姪がせっかく掴みかけていた幸せを、半ば強制的に捨てさせる形で。

ぶるぶるとパトリックの両手が震え出す。マーカスと同じく、今頃になって自分の行いを理解して顔色をなくすパトリックに、再びリカルドは告げる。

「縁談を申し入れた時点で人任せにせず、私自身が出向き、この口からしっかりと真実をお話ししていれば発生することのなかった行き違いです。オーブリー商会については私の責任でしっかりと罪を償わせます。可能であれば伯爵家が不当に失った財産も可能な限り取り戻す努力をします」

それはさすがにシャレアもお願いしますとは言えない。

詐欺だったとはいえ、その契約に納得して自ら書類にサインしたのはパトリックだ。

財産を失ったことそのものにリカルドは何ら関与していない。

「リカルド様……そのようなご負担をおかけするわけには……」

「私がそうしたいのだ。……もちろん全てをなかったことに、というのは難しい。けれど、できる限りのことはさせてほしい……私にとっては他人事ではないのだから」

他人事ではなく、身内のことだから。

シャレアの実家のことだから。

言外にそう聞こえて、涙が出そうになった。

今までもう充分良くしてくれているのに……その恩を裏切るような、あんな酷《ひど》いことを言って彼の元を去ろうとしたのに。

まだ見捨てることなく救いの手を差し伸べようとしてくれている彼のこの姿を見て、再びパトリックが過ちを犯すようならばもうシャレアも腹を括《くく》ろう。

顔を上げ、叔父を見据える。そして告げた。

「……叔父様。これが私たちに与えられた最後の機会です。リカルド様のお気持ちをどうか無駄にしないでください。私は……もう二度と、この方を悲しませる真似はしたくありません」

もしそんな時が来たら、次に選ぶのはどちらになるのか、その意志が伝わっただろうか。

沈痛な、心から悔いている表情を浮かべながらパトリックは項垂れると、肯いた。

「……どうか、お願いします。……最後にもう一度だけ、お救いください」

そんな彼にリカルドは、「お任せください」とだけ言った。

そのきっぱりとした言葉にシャレアとパトリックの二人は互いに顔を見合わせ、しばし沈黙した後、ほぼ同時に頭を下げたのである。


必要な話を一通り終えた頃には晩餐の時間を過ぎていた。

リカルドはパトリックを食事の席に誘ったが、彼はその誘いを丁寧に辞退して伯爵邸へと帰宅した。

マーカスもセバスに連れられて、どこかへ行ったままだ。

必然的に二人で夫婦の部屋へと戻ったわけだが、今度必要なのは夫婦の話し合いだとシャレアは理解している。

「……申し訳ございませんでした」

「顔を上げなさい」

二人きりになったとたん、そう告げて足元に額《ぬか》ずいたシャレアの言葉と行動に、リカルドはほんの少し眉を顰《ひそ》めると自らもその場に膝を突き、彼女に顔を上げさせる。

リカルドの青い瞳には怒りの感情は浮かんでいない。

だが……やはり悲しませたのだろう。シャレアがリカルドに別れを告げ、パトリックの元へと走ったことはどう弁解しても夫を裏切ったと言われても仕方のないことだから。

「……離縁してくれという言葉は堪えた」

どきっとした。もちろん良い意味ではなく、悪い意味でだ。

「あの時のあなたの言葉がどこまで本気なのか、さすがに頭を悩ませた」

「……っ……」

許してくれとは言えない。これ以上謝罪を口にするのも憚《はばか》られる。

リカルドは引き続きパトリックを助けると約束してくれたけれど、夫婦関係が継続するか否かはまた別の話だと思っている。

今度彼に背を向けられて捨てられるのはシャレアの方かもしれないと思うと、絨毯に突いた両手が震えた。別れを告げられた時、彼はこんな強い衝撃とショックを受けたのだろうか。

その上シャレアは別れ際に心にもないことを言って、わざと彼を傷つけようとしたのだ。

シャレアが彼に告げた通り、妻から愛人に格下げされても文句は言えない。

せめて何を言われても、全て求められるとおりに受け入れよう。

小刻みに震える彼女の両肩に、リカルドの手が触れたのはその時だ。

「指輪を出しなさい。……持っているのだろう？」

予想外の要求にビクッと肩が跳ねた。指輪について彼が言及するとは思っていなかったのだ。

だが考えてみれば当然のことだ。あの指輪は二人が夫婦であることを示す結婚指輪として購入したものだ。当然夫婦関係が解消されれば、返却すべきもの。

リカルドの視線が、今は指輪を嵌めていないシャレアの左手に注がれている。

浅く呼吸を繰り返しながら、ぎこちなく強ばる手でスカートのポケットに収めていたものを取り出す……それは、例のハンカチと、そして指輪だ。

震え、冷たくなった両手でそっとハンカチに包んだ指輪を彼に差し出した。

その指輪にリカルドが手を伸ばし、そして摘まみ上げる。

（ああ、やっぱり……ここで、もうおしまいなのだわ……）

見つめていると涙が零れそうで、ぎゅっと目を閉じたその直後のことだった。

シャレアのハンカチを持つだけになった手が突然握り締められたと思ったら、左手の薬指に触れられて、そこに覚えのある感覚が蘇る。

ハッと目を開き己の左手へと視線を落とせば、そこには以前と変わらぬ様子で指輪が嵌められていた。リカルドの、手によって。

「これ、は……」

「私に、少しでも悪いと思う気持ちがあるのなら、二度と指輪を外さないでくれ」

改めて彼の両手がシャレアの両手を、ハンカチごと包み込んだ。

その彼の左手薬指にも、同じ意匠の指輪が嵌められている。

詫びることもできずに項垂れると、おもむろにリカルドに抱きしめられた。

咄嗟に反応できずに、されるがままになっているシャレアに、彼は言う。

「あなたが私のことを考えて、あんな発言をしたことくらいは判っている。それほど思いつめていながら、それでも指輪を置いていくことができなかった気持ちも、自惚れでなければ私なりに理解しているつもりだ」

「……リカルド、様……」

ぎゅうっとその腕に抱きしめられると、絶対的な安心感に包まれて身体から力が抜けていく。すり、とその胸に頬をすり寄せたシャレアにリカルドは言った。

「愛している」

突然の愛の言葉に思わず息が詰まった。

これまで彼の様子から薄々そうかと思ってはいたけれど、実際に言葉で告げられるのかこれが初めてで、予想以上の衝撃にすぐに言葉が出ない。

「愛している、シャレア」

繰り返し告げられても、唇が震えるばかり。

せっかく我慢していたのに否応なしに視界が潤んで、鼓動が跳ねてどうしようもない。

「わ、私……」

「愛しているよ」

「私は……まだあなたのそばにいても、良いのでしょうか」

とうとうボロボロと涙が零れた。問いかけながら、けれど縋り付く両腕は離さないと言わんばかりにリカルドに縋り付いている。

「当たり前だ。この話の流れで、どうしてまだ私から離れられると思う？　たとえあなたがどこへ逃げても追いかけて、連れ戻してやる。誰が手放すものか……死が二人を分かつまでと、誓っただろう」

結婚式の時に、司祭と神の前で。

シャレアも、確かにそう誓ったのだ。それなのに、自分は最悪のことばかり考えて大切なことを忘れていた。

彼に迷惑を掛けて、世話を掛けて、そして約束が守れなくて申し訳ないと思っていたけれど、シャレアが一番彼に詫びなければいけないのは、一方的に誓いを破って彼を傷つけたことに対してだと、やっと気付いた。

「……ごめ……ごめんなさい……っ」

リカルドの背に両腕を回し、渾身の力で縋り付くと嗚咽を漏らした。

「ごめ、なさ……私、あなたを、傷つけて……っ……なのに、自分が、一番、辛いって思って……！」

「もういい。だが、二度は止めてくれ。……愛している」

繰り返される言葉が胸に染みた。

以前は特別な言葉なんてなくても良いと思っていた。

言葉はなくても彼の瞳や言動が雄弁に語ってくれているから、それでいいと。

でも今こうして改めて言葉で告げられると、感じる喜びは想像を遥かに超える。

シャレアの心は自分で自覚する以上に明確な言葉を望んでいたらしい。

「私も好きです。好き……大好き……愛しています……」

愛の言葉を告げるたび、心が震える。切ないくらいに疼く心が行き場を求めるようで、シャレアの縋り付く腕にもさらなる力がこもる。

どちらが先に、その続きを望んだのかはもう判らない。

互いにもつれ合うように寝台へと移動し、再び相手を掻き抱くように抱きしめて深く口付け合う。

幾度も離れては重なり、角度を変えて重なっては離れて、舌が痺れるほどの口付けを交わしながら、それぞれの衣服に手を掛けるともどかしげに脱がし合った。

シャレアのドレスもリカルドの衣装も、どちらも幾重にも生地が重なり手早く脱がせ合うことには向いていない。

結局焦れたリカルドがシャレアの胸元の生地を留めているボタンを強引に引きちぎり、下着ごと無理矢理肩から引き下げて、素肌を露わにするまでに長い時間は必要なかった。

そうして弾むようにこぼれ出た二つの乳房を両手で鷲掴《わしづか》み、元の形も判らぬほどに揉み拉きながら、まだ柔らかいままの乳嘴の片方にしゃぶりつく。

「んんっ……！」

じゅっと肌を啜《すす》る淫らな音を立てながら、痛みさえ感じるほどの強さで吸われて、思わず胸を突き出す姿勢で仰け反った。

そうしながらもう片方の胸の先はくびり出すように指の腹で側面を挟まれて擦り合わされる。

ビリビリとした刺激と、温く柔らかく、それでいてゾクゾクと背筋を駆け上がるそれぞれ違う刺激にシャレアの肌が一気に汗ばみ身もだえしている間に、リカルドの片手がスカートの中に忍び込んで片足を持ち上げてきた。

ばさっと腰の上までスカートの裾がまくれ上がって下着が丸見えだ。

その下着の内側へと手を差し込まれて引き下げられ、さらには両足から抜き取られてしまっては、もうそこを隠し守ってくれる存在はない。

そのまま両足を大きく広げられた姿勢でリカルドにのし掛かられると、まるで犯されているような気分になる……はしたないことに、そう想像するだけでシャレアの内側が期待に甘く疼いた。

「あ、あ、あぁ、あんっ……！」

「ここを指で弄られるのと、舐められるのとではどちらが良い？」

「あっ……」

すっかり充血して固く膨らんだ胸の先をペロリと舐められて小さく喘いだ。

その声はこの先を期待して媚びるように甘い。

初めての夜から今まで、幾度となくその腕に抱かれ、身体を拓かれてきた。

慣れないうちは与えられる愛撫に対してぎこちない反応が目立ったが、今やリカルドにされることの全てが気持ち良いと知っているシャレアの身体は、容易いほど簡単に快楽を拾ってしまう。

真っ赤に熟したベリーのように凝った乳首を指先で捏ねられると、それだけで肩に力が入り、呼吸が乱れて喉の奥から仔猫が鳴くような声が漏れてしまうのを止められない。

「ふ、ふぁ、あぁ、ぁぁん……っ」

特に今は指先で肌に僅かに触れられることにさえ、全身の神経が反応してしまう。

シャレアの全身が真っ赤に染まり、ひっきりなしに快感の歓喜にさらされ続けた。

「シャレア。どちらが良い？　どちらも、という回答はなしだ」

男性的な精悍さと、芸術的な美貌の両方を兼ね備えたリカルドは、その低い声までも至上の音楽のようにシャレアの耳に届き、身体の芯を震わせる。

再び充血した胸の先を指で摘ままれ、もう片方をペロリと舐められた。

ビクッと大きく肩を跳ねさせながら、直後悲鳴のような声を漏らしたのはシャレアの意識が両胸に向いているその間に、下肢へと伸びたリカルドの指が、下肢の中央で蕩《とろ》ける肉襞を割って、なぞり上げたからだ。

「ひゃ、あああっ‼」

つい先ほどまで触れられてもいなかったのに、シャレアのそこはすっかりと潤って、官能の雫《しずく》を溢れさせていた。

まるで中心に朝露を溜《た》め込《こ》んだ花のように、リカルドの指に上から押されるだけで、重なり合った陰唇の合間からとろりと蜜が溢れ出て尻の下へと垂れ落ちていく。

そこで指をかき回されると、ぐちゃぐちゃと耳を覆いたくなるほどにひどい音が響いた。

「あ、ん、んんっ！」

「シャレア、答えなさい」

再び胸の先にちゅっと口付け、かと思えば軽く歯を立てられて、激しく身を仰け反らせた。

頭の中が真っ赤に染まる。正気を失いそうになるくらい、もう彼にされることの全てが気持ち良い。

まるで淫らな毒に全身が冒されているのではないかと思うくらいに。

「なめ、舐めてください……！　気持ちい……あぁあっ！」

ねっとりと飴《あめ》を転がすように膨らんだ乳首を吸われてまた、身が跳ねた。

片方を可愛がったら、もう片方へ。

綺麗な椀《わん》型に膨らんだシャレアの豊かな二つの乳房が揺れ、触れられて歪み、そして弾んではリカルドを楽しませる。

「じゃあここは？　……ここも舐められると良いのか？」

たっぷりと両胸を堪能した彼が次に狙いを定めたのは、大きく広げられたシャレアの両足の間だ。

腹の上で纏められたスカートの生地に隠れて彼の動きはシャレアから見えないけれど、さらに両足を広げるように抱えられ、そこに顔を近づけられれば次に何をされるかなんて簡単に想像がつく。

「あ……」

ふっと息を吹きかけられて、腰が震えた。

と、それを合図のように直後、先を尖らせた舌に秘裂を舐め上げられて、声にならない声が喉の奥から迸る。

「んんっっっ‼　んーっ‼」

全身の熱という熱がそこに集まる。身体を内側から焼き切られるかのような熱と、腰が砕かれるような強烈な快感に太腿までガクガクと震えて背が浮き上がる。

腹の奥が熱い。

じっとしていられない快感の渦の中でもがくように身もだえするけれど、与えられる愉悦は腹の中でどんどん大きな熱の渦になっていくのを止められない。

身体に残る、衣服の存在が煩わしかった。

全部脱ぎ捨てて、生まれたままの姿になって、そしてもう何を憚ることなく高みへと昇りたい。

それなのに、今は全てを脱ぎ捨てる時間さえ惜しい。

「あ、あ、あああっ！　だめ、駄目、いっちゃう、おかしくなる……！」

何度も頭を左右へと打ち振るう。膨らむ大きな快感と熱の勢いが怖くなって腰を逃そうとするのに、しっかり抱え込んだリカルドは離してくれない。

「ここがすごい勢いでうねっている……そんなに良いか？」

自分の膣洞が、痛いくらいにうなりを上げて痙攣しているのは嫌でも判る。

その中に収まるものがほしくて、内側を満たしたくて、ひっきりなしに何を求めているのかも。

「だめ、広げないで……ああっ！　剥かないで、ぁああっっ‼」

限界まで開かれた両足の間、リカルドが秘裂を指で広げ、陰核の包皮を剥き、全てを露わにしてしまう。

「っっっっっ‼」

そうしながら、ちゅるりと尖ったそこを吸われるともうひとたまりもなかった。

咄嗟に奥歯を噛みしめて声を殺した。そうでないと、それこそ一生恥じるようなひどい声が出てしまいそうだったから。

けれどどんなに腹に力を込めても、ガクガクと瘧《おこり》にかかったように激しく揺れる腰も、膨らみ弾ける熱も止めることはできない。

もうこれ以上は無理、と限界まで駆け上がった快楽の火種はシャレアの官能を高く高く持ち上げ、そして一気に弾けさせる、透明な迸《ほとばし》りとともに。

「あ、あっ、あぁっ……」

幾度も腰を跳ね上げながら、びしゃびしゃと自身の身体から噴き出したそれは、容赦なくリカルドの顔も、手も、衣服も濡らした。

「ご、ごめんなさ……」

オロオロと謝罪しようとするシャレアに対しリカルドは笑った。

それはもう満足そうに、嬉しそうに。

「私の愛撫に、あなたが感極まってくれたというのに、なぜ謝罪が必要なんだ？」

「あっ……」

思わずシャレアが声を詰まらせたのは、リカルドの笑顔と言葉のせいもあるが、彼がそう言いながら下肢を緩めて、己の欲望を表へと引っ張り出した姿が見えたからだ。

……正直に言えば、今まで全く目にしたことがない、とは言わない。

彼は積極的に見せようとしなかったし、シャレアも同じだ。

それでもお互いに裸で抱き合えば、もちろん目に入ることもある。

溜息が出るくらいに端正な彼には不釣り合いなほど、それは赤黒く長大で、禍々《まがまが》しくさえ思えたけれど……今目にした彼自身に対する印象は、これまでと少し違った。

「……今、ここが反応したな」

リカルドに恥丘のあたりを指で撫でられて、羞恥で視線が彷徨った。

そう、確かに今シャレアの身体は、一見グロテスクにさえ思える彼自身を目にして反応したのだ。

己の足りない場所を埋める、唯一の存在として。

そしてその反応は一度きりではない。

どんなに目を反らしても、一度認識してしまうと期待を打ち消すことはできずに、ひっきりなしに蠢いてしまう……中に咥え込み、咀嚼する時を想像するかのように。

それはひどく淫らで、淫蕩で、それでいて純粋な欲求だった。

ぽたり、とリカルドのこめかみから頬、顎を伝って雫が落ちる。

それは彼の汗だろうか、それとも先ほどシャレアが迸らせてしまったものの名残だろうか。

お互いに中途半端に乱されて肌を露出した姿で、互いの性器を擦り合わせる。こんな行為が、紳士淑女のすることとは思えない。

けれど……ごくり、と喉が鳴るのを止められない。

「……ほしいか？」

呼吸が荒い。他の誰でもない、自分自身の呼吸が、興奮して乱れているのだと自覚すると頭を殴りつけたくなるほどに恥ずかしい。

それなのに、身体の欲求に抗えない。

「……ほ、しい、です……リカルド様……」

「どこに？」

「……私の、中……ここに……お願い、あなたをください、もう我慢できな……」

自分の人生において、こんなことをねだる日が来るとは想像したこともなかった。

考えたことが仮にあったとしても、絶対に言えるはずがないと思っただろう。

でも今は無理だ。

蠢く自分の内側の蠕動が激しすぎて、そこが苦しいくらい切なくて、身体の水分が全て愛液に変わってしまうのではないかと思うくらい次から次へと溢れ出て……何より一番奥が疼いて早く楽になりたくてたまらない。

「リカルド様、はやく、辛いの、お願い……！」

心なしか、彼自身がぶるっと震えたように思えた。

でもそれは気のせいだったのかもしれない。

というのもシャレアがそれを改めて認識するよりも早くに、入り口に押しつけられた先端が、そのまま一気に蠢く内壁を割り開いて最奥へと刺し貫いたからだ。

「あああああっ‼」

裏返るようなひどい声が出た。それと同時に子宮の入り口を抉られて、ガクガクと全身が震えて頭の中が真っ白になる。

たった一突き、それだけで自分が達したのだと理解する間もない。

接合部から再びボタボタと迸りが溢れ二人の身体を濡らす。

健気なほどの力でリカルド自身を締め上げるシャレアの膣壁の蠕動にリカルドがじっと身を強ばらせたまま奥歯を噛みしめて耐えた……と思ったら、うねる女を振り切るようにガツガツと腰を叩き付けるような抽送が始まった。

横向きで片足を高く持ち上げ、もう片方の足を下に跨ぐような姿勢で、だ。

「あっ、あ、ああ、あ、んっく、んんっ‼」

まだ絶頂の痙攣が治まらぬ内からの抽送は苦しいはずなのに、ひっきりなしに身を捩るほどの強烈な快感を与えられる。

息がまともにできなくて、ずっと達したまま、高いところから戻ってくることができない。

上体を捻るようにシーツへと這いつくばり爪を立てるけれど、そのたびに激しく身体が揺さぶられて、目の前がチカチカとする。

「あ、あーっ、あっ、ぁあんっ！」

もはや自分が人の言葉を忘れたただの獣のようだ。

それなのに腹の中に収められた彼の存在も、その逞しさも、長さも、硬さも全てが判る。

姿勢が横を向いているせいで擦られる場所も抉られる角度も違って、それがまた止まらない絶頂を導くほどに良い。

「だめ、死んじゃう、おかしくなる、あ、あっ、激し、苦しい……！」

訴えるシャレアの言葉はどれもネガティブなものばかりなのに、その身体の反応はまるで違う。

その証拠に、シャレアの口にする言葉はすぐに変わっていく。

「あ、あぁ、いい、気持ちいい、あぅっ……！　良いの……！」

甘くむせび泣く声に刺激を受けたように、リカルドの腰遣いはますます激しく、そして巧みになっていった。

もう、繋がっているところもそうでないところも、衣服も肌も互いの体液でぐしゃぐしゃだ。

片手で乱暴にクラヴァットを外し、胸元を緩めたリカルドはそのまま羽織っていた上着を寝台の外へ放り投げると、彼へ向かって伸ばしたシャレアの片手を掴み、引き寄せ、そして身を倒すように口付ける。

彼女の片足を肩に担いだまま、その背を寝台に押しつけながら。

口付けもまた、遠慮はもう微塵《みじん》も窺えない。互いに舌を伸ばし、吸い、絡み合って唇だけでなく、頬や顎、喉や胸元まで肌の上を這い回らせる。

なまじ余計な衣服が残っているせいで、それらが互いの身体に絡みつき、動きを遮る。それを振りほどくようなより一層余裕のない強引でひどく淫らな情交を演出する。

「あ、あっ、あ、んっ、あ、あぁ、そこ、いい、熱い、またいっちゃう……！」

普段清楚なシャレアの姿はもうどこにもない。

もちろん、日頃どちらかというとストイックな冷たい雰囲気を与えるリカルドも、だ。

ぐりぐりとリカルドの下腹でシャレアの膨らんだ陰核が擦れるように腰を回されて、白い喉を晒すように背を仰け反らせる。そうしながら柔らかく溶けた内側を刮ぐように抉られると、再びシャレアは高い声を上げながら達した。

彼女の全てを呑み込むような激しい締め付けとうねりをまともに受けて、今度はリカルドも耐えられなかったらしい。

「っく、はっ……あぁ……」

低く感じ入った吐息と共に火傷しそうなほどに熱い白濁が注ぎ込まれて、またもビクビクとシャレアの腰が跳ねた。

最後の一滴まで注ぎ込むように、あるいは絞り上げるように。

そのまま繋がった場所が熱く溶けて一つになってしまうのではと思うくらい隙間なく密着したその奥で、男の欲望が腹一杯に広がっていくのが判る。

「は、はぁ、は、はー……はぁ……」

溜め込んだものを全てぶちまけて、お互いの熱も少しは落ち着いた……はずだったが、しかしリカルドが一度彼女の中から抜け出しても、二人の欲望はまだ収まりそうにない。

「……まだ、いいか？」

問われて、シャレアは緩慢な仕草ながらも確かに肯いた。

「……でも、その……その前に……貼り付いて、気持ち悪いので……脱いでしまいたいです……」

汗や言葉にできないもので互いの衣服はべっとりと肌に貼り付いている。

脱ごうとしても、なかなか上手くいかないくらいに。

「ああ、それは確かに……ほら、貸してみなさい」

腰からドレスを抜こうとしても快楽で砕けた身体が上手く動かず、また湿った服は単純に脱ぎにくい。

リカルドは彼女から力任せに残ったドレスや下着を剥《は》がして全裸にすると、続いて自らも全ての衣服を脱ぎ捨ててシャレアの身を引き寄せた。

「……なんだか、改まって向き合うと、ちょっと恥ずかしいです」

「そうか？　私は、ずっとこうしていたい。もっと早く、こうしていれば良かった」

リカルドに抱きしめられると裸の胸が触れ合って優しい気持ちになった。

それでいて尖った胸の先や膨らみが潰れ擦れて、また官能が蘇る。

「リカルド様……好きです、好き」

唇を求めると、彼もまた応じて返してくれた。

「私もだ。愛している、可愛い私の奥方殿。あなたに似た子なら、何人でもほしい」

「ふふっ、ならもっと頑張らないと……私に授けてくださいますか、素敵な旦那様？」

「もちろんだ。そんな魅力的な誘いに乗らないはずがない」

両腕を彼の肩に回すとすがりついた。

再びのし掛かられ、力を取り戻した彼自身が身体の中心へと押し入っている……性急だった先ほどとは違って、ゆっくりと。

「ああ……中がうねっているな。あなたが何も知らないような顔をしながら、身体はこんなに淫らに反応するとは、きっと誰も思わないだろう」

「私をそんなふうにしたのは、あなたじゃないですか……」

繋がったまま腰を回されるだけで敏感になったシャレアの中は淫猥《いんわい》な快感を拾って蜜を溢れさせ、

リカルドを締め上げながら吸い付く。

再び吐精を促すように不規則に蠢く女の中を、また一回り大きく膨らみ張り詰めた彼自身で、至るところを擦り小突かれながらシャレアは何度も軽く達した。

「あっ……あ、あ、はぁんっ……、いい、良いです……っ」

「……私も良い……離せない……うっ……」

呻《うめ》きながら腰を使う彼の動きに合わせ、シャレアも艶めかしく身体をくねらせ自ら腰を揺らし、肌を擦り合わせる。

素直に欲望に染まり、淫蕩に耽《ふけ》る行為をもう二人は容易に止めることができない。

その夜、夫婦は何度互いを求め、何度果てを見たか判らないほどに交わって、己を解放した。

若い夫婦は、新婚初夜の時よりもさらに幸せで濃厚な時間を、夫婦の寝室から出ることも、衣服を身につけることもないまま丸一日と半分ほどの間続けることとなったのだった。


そうしてシャレアを引き留め、彼女と想いを確認し合う時間を過ごしたリカルドだったが、彼にはまだ判断を下さなければならない問題があった。

「このたびは、なんと申し上げれば良いのか……お詫びの言葉を口にすることさえできません」

長い秘め事の後、深く寝入っているシャレアを寝室に残し、執務室のソファに腰を下ろすリカルド

の目前で床に膝を突きながら深く頭を下げるのは、家令のセバスだ。

そのセバスの隣には、彼と同じように膝を突いて頭を下げるマーカスの姿がある。

どちらも常日頃目にしたことがないほど顔色を青ざめさせ、強ばった神妙な表情で項垂れている様は、まるで罪人のようだ。

しかし己の過ちをどちらが深く自覚しているかと問われれば、それはやはりセバスになるだろう。

問題を起こしたのはマーカスだが、そのマーカスの祖父であり、上司である自身の監督責任を嫌というほど理解しているからだ。

それに比べればマーカスの反省の色はまだ薄い。もちろん申し訳ないと考えているのは間違いないだろうが、それはあくまでもリカルドを不快にさせたことへの反省であって、自身がどれほどの過ちを犯したかの自覚が足りていないのだ。

その証拠にマーカスは口にこそ出さないが、自分を擁護する雰囲気がある。

目は口ほどにものを言うと言うが、今の彼がまさしくそれだ。

リカルドの口から深い溜息がこぼれ出た。

「マーカス。お前の何が問題だったか言ってみろ」

本来、リカルドの立場ならば使用人一人にここまで時間を割く必要はない。だがあえて対話の場を持っているのは、セバスとその息子であるマーカスの父ハンスに恩があるからだ。

すなわちマーカスは祖父と父の献身によって、弁明の機会を与えられている。

リカルドに促されてマーカスはやや口ごもりながらも答えた。

「……奥様と、そのご家族に対し非礼を働いたことです」

「確かにそれもある。だがそれだけではない。お前は、私の言葉を歪めて相手に伝えたな？　それはすなわち、主である私の意志も歪めたということだ」

「……あっ……」

「さらにはさも私がそう告げているかのように言葉を偽った。それはお前が私に成り代わろうとしているとも受け取れる。つまり……私に対する反逆行為だ」

言うまでもなくリカルドはマーカスの主だ。

いくら多くの権限を与えられているとはいえ、主を上回るわけはない。使用人が主人に成り代わるようでは、主従関係が成り立たなくなってしまう。

「そして私は王族であり、妻となったシャレアもその系図に名を残すことになる。マーカス、それがどんな罪になるか、お前は承知の上で雇用契約に応じたはずだ」

王族、ひいては国家への反逆は一族七親等まで連座した上での断首刑である。

もちろんセバスも、ハンスも、マーカス自身や現在存命の親族ほぼ全てがマーカスの行いによって断頭台に首を並べられる……それほど危うい罪なのだ。

「……っ……」

本当の意味でマーカスのその顔から血の気が引いたのは、その時だったかもしれない。

ばっ、と彼が振り返るように隣のセバスを見た。

セバスは全て覚悟したような顔でリカルドを見つめている。その目がマーカスへと向けられることはない。

「……も、申し訳……申し訳ございません……！」

文字通り、マーカスがその場で這いつくばった。

「どうかお許しください……！　私自身はどうなっても構いません、ですが祖父や父、母たちはどうか……！　悪いのは私です、どうか奥様にもお詫びさせてください、お願いします！」

再びリカルドが深く息を吐き出した。

「……シャレアはまだ休んでいる。色々とあったからな。疲れているところに、お前の問題にまで関わらせたくはない」

まるでここ数日の騒ぎによる心身疲労のような口ぶりだが、実際はシャレアが疲れ切って眠っている大きな原因を作ったのはリカルド自身である。

それをセバスは知っているが、マーカスは知らない。リカルドに呼び出されるまで自室での謹慎を命じられていたからだ。

マーカスの顔に初めて悔いる表情が浮かび、絨毯を握り締める彼の両手に力が籠もった。

「マーカス。お前はなぜそれほどシャレアを疎んだ？　お前の無礼は使者に立った時だけではなく、彼女が嫁いできた後も続いていたと聞いている。理由があるのだろう。隠し立てせず、全て話せ」

今更隠しても仕方がないことだ。

観念したように、マーカスはその場で身を伏せたまま、震える声で打ち明けた。

「……ふ、相応しくないと思ったのです……借金などで没落するような家の令嬢が……尊き血筋のリカルド様の妻となるなど……」

他に、もっと相応しい令嬢がいるはずだと思ったとマーカスは続けた。

ならばその相応しい令嬢は誰か、と問われてこの場で出た名に、リカルドが眉間に深い皺を寄せる。

公爵家に次ぐ由緒正しい侯爵家の娘で、その令嬢との間に何度も縁談があったのは事実だ。

その令嬢はリカルドに恋をし、縁談を受け入れてほしいと何度も何度も公爵邸へ足を運んできたがリカルドは殆ど会うことはしなかった。

結果、マーカスが令嬢の相手をする機会が増えて、彼はその令嬢に特別な感情を抱くようになったのである。

だが誓ってマーカス自身がその令嬢とどうにかなりたかったわけではない。

この美しく尊き令嬢が、リカルドの妻として主人を支えてくれたらと、そう願ったのだ。

『私がこちらに嫁いだ後はあなたにも色々とお世話になるわね。頼りにしています』

そう微笑まれて、マーカスの中でその願いはますます大きくなった。

しかし結果的にリカルドが選んだのは、血筋は確かにいいが全てにおいて侯爵令嬢に見劣りする、没落伯爵令嬢のシャレアだ。それがどうしても納得できなかったと。

意図的にシャレアやハワード伯爵家を貶《おとし》めようと思ったわけではない。

けれどその納得できない気持ちと、自分が認めた令嬢に仕えることのできない悔しさが言動に出てしまったと彼は打ち明けた。

「マーカス。お前の目にはその侯爵令嬢が、これ以上はない素晴らしい令嬢に見えたかもしれない。だが私とは決定的に合わなかった。そのことには気付かなかったか？」

「……リカルド様に、その気がないご様子なのは……判っていました」

「その気がないどころの話ではない。その令嬢がお前に何を言いどう振る舞っていたかは知らないが、私の前では、目的のためならば手段を選ばない、まるで獲物に狙いを定めた肉食獣のようだったぞ」

その令嬢のことを思い返すと、リカルドはいつも苦い気分になる。

何度断っても諦めず、あの手この手と擦り寄り、拒絶すれば泣いて縋り、避ければ捜し、逃げれば追ってくる。

まるでどこまで逃げても追いかけてくる、悪夢のような存在である。

シャレアと出会うきっかけとなった、バルコニーへ駆け込んだ際にも追ってきたのはその令嬢と取り巻きたちだ。

随分とリカルドの行く先々に先回りしてくるなと感じていたが、令嬢はマーカスから情報を聞き出して把握していたそうだ。

外部に主のスケジュールを漏らす、という新たな過ちも露見したことになる。

「そもそもお前は、私がなぜ女性から距離を取るようになったたか、その理由を知っていると思っていたのだが……違ったのか」

リカルドが女性を忌避するようになったのは、既に多くの者が知っているように実母からの精神的虐待が原因だ。以来、気位と身分、そして感情の揺れ幅が大きな女性には恐れのような感情を抱くようになった。

侯爵令嬢のような女性はリカルドにはもっとも相性の合わない相手と言える。

その点シャレアは一見物静かで大人しく、か弱げに見えるが理性的な娘だ。

声も口調も考え方も落ち着きがあり、己の感情に他者を巻き込むことは滅多にない。

数少ない例外が今回の離縁騒動だったが、それもリカルドとパトリックとの板挟みになった結果のことで、侯爵令嬢の行動とはまったく性質が違う。

長い間使用人として傍にいて、そんなことにも気付かなかったとしたのなら、マーカスはリカルドに忠誠を誓っていると言えるのだろうか。

「……申し訳……」

もはや、謝罪の言葉も意味を成さない。呆然と呟き、それから先へ続けることのできなくなったマーカスにリカルドは言った。

「シャレアはお前に対し特別な処罰は望んでいないそうだ」

「……」

「だが、私は夫として、妻を軽視し侮辱したお前をこのまま傍に置くわけにはいかない。領地の屋敷へ帰り、ハンスの元で従僕からやり直せ。これまでお前達一族に執事や家令の役職を任せてきたが、今後の行動次第では同じように跡を継げるとは限らないと肝に銘じておけ」

「……承知しました」

「それとセバス。お前もハンスも現在の職を退こうなどとつまらない責任の取り方は考えるな。特にお前のことはシャレアも慕っている。いなくなれば嘆くだろう」

それまで硬い表情をしていたセバスの顔に、やっと感情が戻ったように緩んだ。

ここでリカルドはシャレアの名を出したが「シャレアも」ということは彼女の他にも嘆く者がいることを示唆している……それがリカルド自身であることを察したからだ。

「……もったいないお言葉です……」

呻くように呟いて、老家令は己のハンカチでその目元を拭った。

こうして一連の騒動は、まだ様々な細かい問題は残しつつも、一通りの決着を見ることとなったのである。

終章

その後、マーカスはリカルドの命令に従って王都から離れ、領地の屋敷へと戻った。

彼の父、執事のハンスにも今回の出来事は全て報せが入っている。

恐らくそこでマーカスは一から鍛え直されるだろう。そして……一定の時期を経て改善が見られない場合は、待つ未来は解雇である。

即時解雇としないのは、マーカスへの温情というより、長い間務めてくれているセバスとハンスへの配慮だ。逆を言えばそうでもしない限りは、二人ともにマーカスの行いを恥じて暇を願い出てしまいかねないから、という事情もある。

「セバスに辞められてしまうのは、困ります。……私たちに子どもが生まれたら、その子のこともお願いしたいと思っているのですから」

改めて謝罪にシャレアの元へやってきたセバスにそう訴えると、老家令は、

「ではまだまだ引退できそうにありませんね」

とそう言って涙ながらに笑った。

一方で今回のオーブリー商会の詐欺行為はリカルドの手によってその手口が洗いざらい陽の下に晒

され、数多くの証拠や被害者の証言とともに法廷へ引き摺り出された。

この結果オーブリーは財産を剥奪《はくだつ》の上で労働刑が科せられ、没収した財産は被害の度合いによって按分《あんぶん》して還元されたが、失ったものを全て取り戻すことができたわけではない。

自分のやり方では誰も幸せにできないとようやく理解したのか、パトリックは心から己の浅慮と愚かさを反省したようで、リカルドに改めて監査官の派遣を再依頼し、その指導を受けて運営管理や財産管理の勉強を一からやり直すようになった。

やる気を出すのにはあまりに遅いスタートだが、やらずにいるよりは遙かにマシだ。

「私は今度こそ叔父様にはハワード伯爵として家を守っていただきたいと思っています。ですがその爵位を重荷に感じるようでしたら、どうぞ私にお返しください」

二度、シャレアはパトリックに寄り添う選択をした。

だが三度目はない。そんな覚悟で告げた彼女にパトリックは迷いなく頷き、向こう五年の間にそれ相応の成果が出せない場合は、爵位はシャレアへ返却、その上でバルド公爵家預かりとして、将来彼女の産んだ子の誰かに継承させるという誓約書にサインをしたのである。

こうして一連の騒動が一応の落ち着きを見せて数ヶ月が経った秋。

また新たな騒動の報せがバルド公爵家に広がることになった。

しかしそれは決して悪い報せではない。むしろその逆……これ以上はない、喜びの報せであった。

バタバタと騒がしい足音が廊下の向こうから聞こえてきて、シャレアはうとうとと寝台で眠りについていた瞼を押し上げた。

その視界に入るのは、まだ明るい暖かな日差し。そして感じるのは少しばかり開かれた窓の隙間から吹き込む、心地よい風だ。

夏の暑さに苦しめられた季節が過ぎて、今は比較的過ごしやすい落ち着いた気温と室内を通り抜ける風の流れが心地よい。

その穏やかな時間を打ち壊すような足音はこのバルド公爵家では本来考えられない。

しかもその足音は主人であるリカルドが生み出しているのだ。いつも表情を殆ど顔に出さず、冷静沈着に振る舞うことが多い彼にしては珍しいとしか言いようがない。

「随分とお早いお帰りですね」

どんどん近づいてくる足音はもう間近だ。

何ともいえない表情をするアマリアに困ったようにシャレアは笑う。

「本当に。セバスったら一体どんな報告をしたのかしら」

言葉を言い終えるのと、リカルドが寝室の扉を押し開けるのとは殆ど同時だった。

つい少し前まで王城で王の補佐をしていたはずのリカルドが、連絡を受けてすぐさま屋敷へと足音荒く駆けつけてくる彼の取り乱した様子も珍しいが、肩で息をするほどに慌てているのも珍しい。というよりも初めて見た。

遅れて優雅に後ろから到着し姿を見せたセバスの方が、よっぽどこの屋敷の主人のような、堂々とした落ち着きのある振る舞いである、今この場においては。

しかしそんなことは問題ではない。

「シャレア、大丈夫なのか⁉」

「きゃっ！」

そのまま寝台に飛びつく勢いでやってきたリカルドの顔色は真っ青だ。

額から一筋の汗が流れ落ちる姿にシャレアは幾度も瞬《まばた》きをし、それからそっと手を伸ばすとその汗を指先で拭ってやる。

その手をおもむろに掴まれた。

「動かない方が良い、起き上がらずに寝ていなさい。すぐに医者を……！」

「お医者様にはもう診ていただきました」

「誤診ということもある。一人の医者に拘らずとも良い、それにどんな診断結果でも必ずあなたを救ってみせるから……！」

「もう……なんと言ってリカルド様にお知らせしたのですか、セバス」

リカルドの今の口ぶりだとまるでシャレアが今日明日の命といわんばかりのようだ。

背後に佇《たたず》むセバスはにっこりと微笑みながら、得意げな顔で答える。

「奥様が突然お倒れになられたと申し上げました。お顔色も大層お悪く、呼吸も荒く……すぐに医者の手配をいたしましたが、医者は手の尽くしようがないと」

その口ぶりはわざとリカルドが誤解するように伝えたとしか思えない。

「もう。お医者様は手の尽くしようがない、ではなく、今はできることがない、と仰ったのよ」

「それの何が違う。安心しなさい、国中の名医を」

「どんなお医者様でも今の段階での診断はきっと変わりません。落ち着いてください、リカルド様。私は病気ではありませんから」

「……………どういうことだ？」

病気ではない、というその言葉にようやく冷静な判断が戻ってきたようだ。

呆然とこちらを見つめる夫の手を取って、その手を己の腹へと押し当てる。

そして笑った。

「お腹《なか》が目立つようになるのはもう少し先ですが、授かったようです。性別がどちらでも、元気に生まれてきてくれるよう、一緒にお祈りしてくださいね」

「えっ……」

完全にリカルドの動きが止まる。硬直、としか言いようのない彼の反応に、シャレアは彼の手を己の腹に押し当てたままその顔を覗き込む。

すると間近で青い瞳と視線がぶつかって、直後リカルドはその場に崩れ落ちるように膝を突いた。

「……セバス……お前、何の意趣返しだ」

「なんのことだか。私は奥様のご容態を存じ上げません。何も聞いておりませんし」

だが既に息子どころか孫までいるセバスである。シャレアの様子から、おおよその推測はついていたはずだ。それをあえて誤解するように伝えたのは、悪意があったというよりもその真逆だろう。

「つい、年甲斐《としがい》なく浮かれてしまいました」

したり顔で微笑まれて、くそっ、とこれまた珍しく乱暴な言葉がリカルドの口からこぼれ出る。

その直後、シャレアは身体を起こした彼の両腕に抱きしめられていた。

ドキドキと伝わってくる早い鼓動はどちらのものだろう。

「…………ありがとう……嬉しいよ、本当に」

頬に触れる彼の頬が、少し濡れている。

「はい……私も、とても嬉しいです。愛しているわ、あなた」

互いを宝物のように抱きしめ合う夫婦の元に、元気な産声を上げて赤子が誕生するのは、新たな年を迎え春が訪れて間もなくのこと。

生まれた子はシャレアと同じ亜麻色の髪と、そしてリカルドと同じ、星のような輝きを宿し、目の覚めるような美しい青い瞳を持つ、愛らしい男の子だった。

あとがき

こんにちは、逢矢沙希です。

三作品目となります今作は、ヒーローに愛されることを期待するなよ、と言われちゃう……のではなく外野にヒロインとその叔父様が言われちゃう、というお話です。

おかげで最初っからヒロインは子どもを産むためにお金で買われたと誤解しているし、それを知らないヒーローは愛する気満々だけど、ちょっと不器用だし……な感じの新婚夫婦ものでございます。

とはいえヒロインが割り切った性格の持ち主なので、あまり悲観的になりすぎることもなく、初々しい夫婦生活をお楽しみいただけるかと思います。むしろヒーローが盛大にすれ違っちゃっているのはヒロインの叔父様とかもしれない……！　是非本編でお確かめいただければ幸いです！

今作のイラストを担当してくださいました針野シロ先生、素敵なシャレアとリカルドをありがとうございます、キャラデザを拝見しながら可愛い、格好いい二人にドキドキしていました。

また担当様や関係者の皆様、そして読者の皆様。いつも本当にありがとうございます。

また別の作品でお会いできますように！

逢矢　沙希

ガブリエラブックスをお買い上げいただきありがとうございます。
逢矢沙希先生・針野シロ先生へのファンレターはこちらへお送りください。

〒110-0016 東京都台東区台東4-27-5 (株)メディアソフト
ガブリエラブックス編集部気付 逢矢沙希先生/針野シロ先生 宛

gabriella books

MGB-122

没落令嬢と愛を知らない冷徹公爵の夜から始まる蜜愛妊活婚

2024年10月15日 第1刷発行

著者 逢矢沙希《おうやさき》

装画 針野《はりの》シロ

発行人 沢城了

発行 株式会社メディアソフト
〒110-0016
東京都台東区台東4-27-5
TEL:03-5688-7559 FAX:03-5688-3512
https://www.media-soft.biz/

発売 株式会社三交社
〒110-0015
東京都台東区東上野1-7-15
ヒューリック東上野一丁目ビル3階
TEL:03-5826-4424 FAX:03-5826-4425
https://www.sanko-sha.com/

印刷 中央精版印刷株式会社

フォーマットデザイン 小石川ふに(deconeco)

装丁 齋藤陽子(CoCo.Design)

ISBN 978-4-8155-4348-8

本作品はフィクションであり、実在の人物・団体・地名とは一切関係ありません。